BATTLE OF TOKYO

超東京地圖

新宿

渋谷

弥生製薬

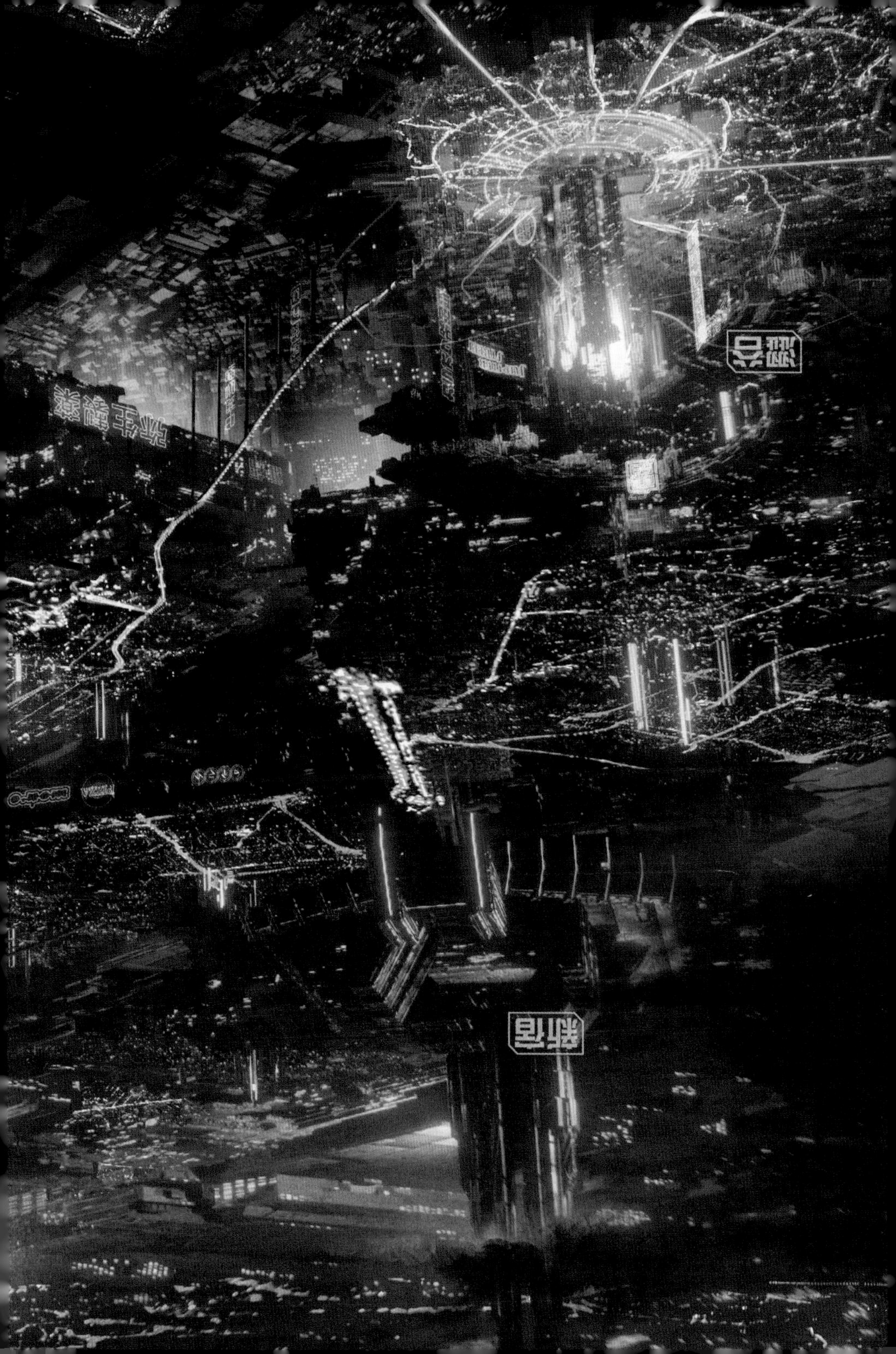

MADJESTERS

表面上各自從事正常工作、
平凡過活的一群人，背地裡卻是
神出鬼沒的怪盜團。以澀谷為基地。

ZERO　SherRock

SMASH　Chatter　MASATO

PARTE　ROSSO

據說沒有保護不了的對象、東京都內最強的保鑣組織，
專門從事政商名流富豪的護衛工作。以六本木為基地。

MARDUK
TRAVIS
SARUTOBI
KISARAGI
MARINE
q-b
JOE
A-NOT
JUDY
ROWDY SHOGUN

Astro 9

以經營馬戲團維生，
但其實是個專門解決麻煩、平息事件的幻影團體。
以Ａｓｔｒｏ園區為基地。

JIGGY

在地下社會頗有名氣的駭客團隊，
愛捉弄組織或企業，入侵其網路。
以池袋為據點。

BATTLE OF TOKYO

vol.1

月島總記

Light Literature

Chapter 0 序章

0

那場狂風暴雨猛烈吹襲，宛如試圖連根拔起地面上的一切。黑雲覆蓋了天空，不見陽光灑落地面。時而劃過天際的閃電，照亮陷入黑暗深淵的街道。

每時每刻增強威力的狂風，斬斷了樹木、吹遠了人們，就連堅固的大樓也應聲倒塌。人類一路汲汲營營建立起來的文明一一慘遭摧毀，一絲抵抗力也沒有。

那片光景讓人覺得彷彿來到了世界末日。

倘若世上真有神明，那簡直就如一場惹得神明勃然大怒的毀滅性暴風雨。

不論是乞求上天原諒的人，還是伏地爬行試圖逃跑的人，全都被暴風雨一口吞噬，化為樹葉般在空中飛舞。

轟隆聲、碎裂聲、爆炸聲，加上哀號聲。

就連這些聲音也被風聲掩蓋，在空中化為虛無。

——城市一步步走向毀滅之中，一名少女在角落佇立不動。

少女的眼神空洞，一副無法理解自己與世界面臨什麼遭遇的模樣。

沒多久，少女張開手掌，看著握在掌心上的東西。那是一只金色戒指，少女把它視為護身符般珍惜對待。

少女耳邊忽然響起拿到金色戒指時聽到的話語：

「好好珍惜這只戒指，它一定會保護妳平安度過災難。」

少女不記得是誰說了這句話。儘管如此，少女還是對著戒指祈求，祈求戒指保護她度過這場可怕的災難。

然而，少女的祈求化為虛無，狂風暴雨朝向她襲來——

一道猛烈的衝擊力劃過，少女隨之失去了意識。

＊＊＊

這場暴風雨不僅襲擊了少女，也襲擊了城市裡的所有居民。

暴風雨從人們的手中奪走各種存在。

有人失去了摯友。

有人失去了半身肢體。

也有人失去所有家人，變成孤伶伶一人……

不過，暴風雨並非只帶來了悲劇。

這場災禍喚醒了一群少年們的生存力量。

少年們擁有了可以在充滿絕望的世界裡存活下去的韌性。

也擁有了不屈服於任何苦境、大膽開闢未來的技能。

於是，少年們努力生存。

他們在化為一片斷垣殘壁的街上，重新築起屬於自己的天地。

在那之後，5年的歲月過去了。

少年們的命運齒輪嘎吱作響地動了起來！

1

從暴風雨那一天經過5年後的某個夜晚。

以空前絕無的驚人速度完成重建工作的城市上空，一艘飛船飛過。

這艘空中豪華客船「齊柏林II」擁有全長180公尺的機身，在月光照耀下，機身泛起光芒。客船內設有宴會廳，掌控城市的富裕族群在宴會廳裡優雅地談笑風生。

宴會廳裡，樂團現場演奏的古典音樂響遍全場，牆上以聖母像的油畫點綴。那是好幾世紀前出自達文西之手的真跡。一群年輕人朝向聖母像走近。

七名青年身穿相同款式的燕尾服。站在最前方的男子手上，拎著一只比油畫尺寸大了一圈的公事包。

男子不發一語地彈一下手指後，宴會廳的角落忽然響起「音樂」。

「怎麼了？」

宴會廳裡的客人們，紛紛看向聲音傳來的方向。不知道什麼人放了一台行動音樂播放器在角落上，節奏輕快的夜店音樂從喇叭裡播放出來。原本演奏著古典樂曲的樂團，也感到疑惑地停下演奏的動作。

這一刻，宴會廳裡所有人的注意力全集中到角落上。七名年輕人趁著這短暫的空檔，將油畫收進公事包裡。

警衛察覺到了聲響，於是轉頭看向油畫。牆上與先前一樣，依舊掛著聖母像。

可是，好像有哪裡不太對勁？警衛衝向油畫，發出如猛蛇般的犀利目光凝視油畫的表面。

下一秒鐘，警衛倒抽了一口氣。如果沒有仔細看或許不會察覺，但眼前這幅畫的線條略顯歪斜，並非原本的聖母像。

「這是假畫！畫像被掉包了！」

警衛大喊道。宴會廳裡一片騷動。騷動之中，一群年輕人從容不迫地走出宴會廳外。警衛下意識地追在後頭跑了出去。

警衛衝出宴會廳後，一群年輕人早已不見蹤影。

眼前只見一條長長的走廊，走廊盡頭的門敞開著。警衛一邊從懷裡拔出手槍，一邊在走廊上奔去。鑽出敞開的門後，眼前出現5公尺寬的正方形陽台，客船外的景色一覽無遺。

陽台最遠處發現了七道身影。七人的臉上戴著面具，看不見真面目。不過，看見其中一人的手上拎著與油畫相同大小的公事包，警衛的猜疑化為了篤信。

「是你們幾個偷了畫像吧……？你們知不知道那幅畫是多麼珍貴的稀世珍品？」

「……」

一群年輕人默不吭聲，警衛舉槍指向他們。陽台四周被欄杆圍住，欄杆另一端只看得見一片夜空。這狀況恐怕是無處可逃了。

然而，一群年輕人輕笑一聲後，往上跳起。他們身手輕盈地做出後空翻的動作，越過了欄杆。

警衛瞪大著眼睛，往欄杆衝去。

燈光輝煌的夜景在警衛的腳下延伸開來，一群年輕人在夜景之中緩緩落下。不知何時，他們的背上已經穿戴了降落傘。

「可惡！」

警衛舉槍胡亂掃射，但沒有一發子彈射中降落傘，一群年輕人隨即消失在夜景的狹縫間。警衛一人獨留在陽台上。

「那些傢伙是什麼人物？」

警衛環視四周，試圖找出追蹤線索。這時，警衛發現陽台的地板上掉了一張卡片。卡片上可看見象徵小丑的標幟，也印出了團隊名稱。

「唔……！」

看見卡片上的名稱後，警衛不由得緊咬一下牙根，並急忙聯絡自己的所屬組織。近來在暗地裡行動活躍的怪盜團「MAD JESTERS」再次現身了！警衛必須趕緊回報這個消息。

＊＊＊

同一時間，陸地的街道上發生另一起騷動。

地點就在靠近市中心、規模龐大的娛樂區。位於娛樂區一角的某棟荒廢大樓前方，聚集無數男子互瞪著彼此。

男子們分成了兩隊。

一方是一身黑紅裝扮、共有十六人的團隊。另一方是套著皮夾克、人數多達百人以上的摩托車隊。摩托車隊這一方的成員手上，各自拿著小刀或鐵棍等危險武器。

另一方的黑紅團除了一名成員之外，所有人都是手無寸鐵。不過，他們的臉上掛著笑意，一副毫不畏懼武器的模樣。

當中一名擁有古銅色肌膚的壯漢，朝向騎士們放話說：

「我說你們這些兩輪騎士啊，你們全員大集合地跑來我們家基地做啥？」

這時，一名看似摩托車隊老大的男子，坐在哈雷機車上開口說：

「你腦殘啦？當然是來擺平你們的。沒辦法，你們幾個看了就覺得礙眼。」

「礙眼？你說我們這些以保護他人來維生的人礙眼？喔～我懂了，意思就是你們是一群會攻擊無辜人民的惡黨啊！」

「你煩不煩啊！富豪的走狗！納命來吧！」

隨著吼叫聲，摩托車隊老大轉動哈雷機車的油門到底。瞬間加速的鋼馬化為３００公斤重的鋼彈，猛烈撞擊黑紅裝扮的壯漢。

然而，壯漢站穩雙腳，從正面接住了哈雷機車。壯漢用雙手抓住車身，就這麼高高捧起。一臉錯愕的騎士連人帶車被壯漢拋了出去，跟著重摔地面。

「喂！先解決一個了。接下來就一鼓作氣解決所有人吧！」

聽到壯漢的話語後，背後的同伴們紛紛發出咆哮聲。摩托車隊也手持武器，迎擊黑紅團。

——然而，短短幾分鐘即定出勝負。

人數和裝備占了優勢的摩托車隊成員一個個趴倒在地，無人倖免。

相較之下，黑紅團的一群年輕人卻是毫髮無傷。目睹這般光景後，騎士當中的一人低聲呻吟：

「你……你們根本就是怪物……！」

古銅色壯漢聽了後，在臉上浮現所向無敵的笑容回答：

「誰跟你怪物了！我們是『保鑣』。如果不想再挨打，勸你們停止為非作歹，安分守己地過日子吧！」

壯漢的服飾背後印有雙刀交叉的標幟，以及團隊的名稱。

「ROWDY SHOGUN」——那是東京都內最強的保鑣組織名稱。

＊＊＊

另一方，場景切換到遠離娛樂區、位於郊外的主題樂園。主題樂園裡沒有上演打鬥場面，但出現攸關人命的危機。

「救、救命啊！快來人啊！」

平常總是充斥著笑聲的主題樂園裡，傳來顯得不符氣氛的慘叫聲。而且，不只有一道慘叫聲，而是來自多人。

「磁浮雲霄飛車」是這座主題樂園的招牌，也是世上最快的刺激遊樂設施。此刻，載著乘客的磁浮雲霄飛車就這麼停在360度大圓環的頂端不動。

原因似乎是電力系統出現故障，導致雲霄飛車失去動力。坐在雲霄飛車上的乘客們身體被固定住，處於倒吊著的狀態。

這樣的狀態已經持續超過10分鐘以上。如果就這樣默默讓時間流過，乘客們有可能會因為血液集中到腦部而導致死亡。話雖如此，但如果解開固定器，只會害得乘客頭部朝下地墜落地面。

大圓環超過50公尺高，不是消防隊的雲梯車可觸及的高度。就算派來直升機，也會因為有撞上軌道的風險而無法靠近救援。在為了救人而絞盡腦汁之間，時間依舊一分一秒地流過。

地面上的人們束手無策，只能抬頭仰望乘客默默祈禱。儘管希望渺茫，人們還是祈禱著「飛車可以恢復正常，讓所有人都平安生還」的奇蹟發生。

不過，似乎有人等不及這般奇蹟發生。

這時，出現八名年輕人在飛車的軌道上奔馳。

年輕人們如火如荼地朝向倒吊著的車廂奔去。其速度快得驚人。然而，360度的圓環正在前方等著迎接他們。

姑且不論連接在軌道上的車廂，人類要在圓環上奔跑，一路奔向頂端根本是天方夜譚。人們預見到那些年輕人將會因為能力不足而墜落地面的畫面，尖叫聲四起。

然而——在那下一刻，尖叫聲轉為喧鬧聲。

那群年輕人既沒有墜落地面，也沒有放慢速度，而是迅速奔上圓環，順利抵達車廂的位置。那模樣簡直就像絲毫不把地心引力看在眼裡。

「沒事了，我們來救你們了！」

年輕人的聲音從遙遠高處傳來。他們順著奔上圓環的衝力，齊力從車廂後方往前推。推動的力道取代了暫停下來的動力，促使軌道上的車廂持續前進。

即使途中越過幅度驚人的駝峰（高低落差）路段、穿過螺旋狀路段，一群年輕人依舊沒有停下腳步。他們就這麼一路把車廂推到終點時，地面上的旁觀民眾發出震耳欲聾的歡呼聲。

「謝、謝謝！你們真是救了我們一命！」

逃過死劫的乘客們頻頻向一群年輕人低頭致謝。

年輕人當中一名目光炯炯有神的青年，一副感到難為情的模樣搔頭說：

「哪裡！看見有人遇到困難時，當然要主動幫忙啊！」

「可是，你們幾位看起來……似乎不是救難隊或其他什麼人員。」

某個獲救家庭的父親看著年輕人的服裝說道。

這群年輕人身穿色彩繽紛的西裝。那裝扮既不像救難人員，也不像商業人士，但也看不出從事什麼行業。

年輕人一副習以為常的模樣，回答該名父親的問題：

「我們是幻影團體『Astro 9』。我們平常會做各種各樣的表演，從特技表演到舞台魔術秀都有。」

「你們靠表演的技巧來救難……？」

「我們都會在這個園區表演，歡迎前來觀賞喔！」

說罷，年輕人憑空變出一把花束。

花束「碰！」的一聲爆裂開來，在空中飛舞的花瓣變成表演秀的招待券。

當招待券落在大家的手中時，Astro 9 早已不見蹤影。

色彩繽紛的魔術師們如施了魔法般消失不見，留下了獲救人們的笑容。

＊＊＊

一樣是在同一時間，場景切換到市區的高速公路上。

一輛七人座的大型ＳＵＶ車，以超過１００公里的時速奔馳著。

駕駛座上是一名身穿迷彩夾克外套的長髮青年。坐在後座的五名年輕人，沉默不語地操作著行動電腦。

副駕駛座上的男子一邊滑著智慧手機，一邊像在自言自語似地低聲說：

「問你，『高度發達的科學與魔法沒什麼區別』這句話是誰說的？」

駕駛座上的男子一邊轉動方向盤，一邊用鼻子輕哼一聲說：

「你沒事問這個幹嘛？很久很久以前的科幻小說作家說的吧？」

「沒有啊，我只是在想現在正是科學與魔法沒什麼區別的時代。發生那場暴風雨到現在也才過了短短5年而已，沒想到城市可以重建到這種程度。」

在擋風玻璃的另一端，可看見點綴上無數全像投影的高科技大樓櫛比鱗次。駕駛座上的男子看著充滿虛幻感的光景，回答：

「也是。不過，魔法不只有這些吧？」

「怎麼說？」

「我們的技術啊！我們用小小一台智慧手機或電腦，就可以把任何敵人或組織耍得團團轉。這應該可以稱為數位魔法吧？」

「哈！說的沒錯。」

副駕駛座的男子這麼做出回應時，後座揚起了歡呼聲。

「帥！入侵成功！各位，我贏了！」

「哼！算你厲害！」「我看只是恰巧而已啦！」聽到勝利發言後，四周的年輕人紛紛回以夾雜著不服輸心態的話語。這群年輕人一邊駕車繞著環狀線高速行駛，一邊針對擦身而過的成群大樓一一展開駭客行動。

「War Driving（駕駛攻擊）」——這是一種一邊開車，一邊嘗試在高速之下非法入侵網路的遊戲，只有技術高超的駭客才有機會樂在其中。

駕駛座上的男子朝向成功做到 War Driving 的同伴說：

「克勞德（Claude），你入侵到哪裡？偷到什麼資料了嗎？」

「一家最近成長幅度驚人的ＩＴ新創公司。我把他們的帳簿抓來一看，結果逃稅證據一個接著一個跑出來。把這些證據放到網路上去吧！」

「在媒體公開？太不符合我們的作風了吧？難道你想要導正社會風氣不成？」

「怎麼可能！我純粹是覺得好玩而已。看那些企業人士驚慌失措的樣子太有趣了。」

聽到這句話後，不只駕駛座上的男子，其他人也都笑了出來。

名為克勞德的男子微笑回應大家後，隨即在網路上公開企業內帳。

公開時還不忘附上「JIGGY BOYS」這個在地下社會小有名聲的駭客團隊名稱。

＊＊＊

——發生災難的那天過後，如今5年的歲月過去了。

同時得到絕望與存活力量的人們，努力鍛鍊自我的能力，與屬於同類的同伴組成團隊。

神出鬼沒的怪盜團「MAD JESTERS」。

史上最強的保鑣組織「ROWDY SHOGUN」。

變換自如的幻影團體「Astro 9」。

狂妄不羈的駭客團隊「JIGGY BOYS」。

雖然這些團隊各有不同的性質，但都是技能異於常人的一群男人……

不過，最先要提到的故事，不屬於這4個團隊中任一團隊的故事。

一名少女在狂風暴雨的那一夜，存活了下來。少女是個沒有任何特殊能力的平凡女子。

這個故事將從少女的角度，來看待以這座城市為舞台的戰鬥與情誼。

「BATTLE OF TOKYO」正式掀開序幕！

Chapter 1
戒指篇

1

陽光灑落在一棟棟高高聳立的大樓上。

當中有幾棟大樓高達一千公尺，直達「天際」。

高架道路在這些摩天大樓的縫隙間來回穿梭，閃耀的全像投影廣告隨處可見。井然有序的美麗城市街景——

少女「茉希那」就住在這座城市 裡，她從學校教室裡眺望著美麗的街景。

照亮街景的太陽是透過投射在天空呈現出來的影像。不過，沒有任何人指責那是假太陽。畢竟看過真實太陽的人，比不曾看過的人還要少。

茉希那也是，她在這世上活了17年卻從未看過真正的太陽，也不會有想要離開這座城市，特地去看太陽的念頭。

真的也好，假的也好，只要能夠發揮相同功能，就具有同等價值。一般世人想必都抱著這樣的想法。站在教室前方的歷史老師像是要舉例證實此說法似的，對著所有學生說：

「——在5年前，也就是統合世紀元年的那一年，世界遭受到前所未有的大災害侵襲。每秒風速超過100公尺的巨大暴風雨，席捲了世界各地。」

老師身後設有螢幕，螢幕上投影出5年前的暴風雨影片。老師一邊觀看影片，一邊繼續講課。

「這場暴風雨被命名為『IUS』，人類到現在仍無法確切掌握其發生原因。目前最具說服力的說法是，自然環境受到過度開發而荒廢，進而導致超出常識範圍的災害發生。不管真正原因為何，這場暴風雨吹襲全世界足足長達7天，它破壞了地表上的一切文明，也奪走了數不盡的人命。」

茉希那也知道這個事實。就跟全世界的人們一樣，茉希那也親身體驗過那場暴風雨。

儘管如此，老師還是一副深怕大家遺忘這個事實的模樣，說出5年來在這座城市裡反覆被提起的話題：

「不過，在全世界受到暴風雨侵襲而荒廢之中，有一座城市成功做到空前絕無的重建工作。也就是我們居住的城市『東京』。」

沒錯，那天慘遭暴風雨蹂躪的這座城市，只花費短短5年的時間即徹底完成重建工作。

應該說這座城市甚至發展得比暴風雨前更加進步。也因為這樣，有人會以「超東京」來稱呼這座城市。不過，畢竟為人師表，所以老師沒有使用這個俗稱，保持著平淡的口吻繼續講課。

「我來問一下，促使東京重建成功的關鍵技術是什麼？茉希那同學。」

突然被老師點名，茉希那嚇了一跳。

不過，這個問題的答案很簡單。茉希那回答了人人皆知的常識：

「三次元物質複製技術，通稱『Copy』。」

老師聽了後，面帶微笑說：「答對了。」

「沒錯，科學的進步為我們帶來了可以複製任何物質的技術。這算是從統合前21世紀所開發的『3D列印機』，飛躍進化過來的技術。因為有了這項技術，即使是荒廢的城市也得以完全復刻。」

螢幕切換了畫面，映出紀錄重建光景的影片。

畫面中看到大量不知名的巨大機器，排列在暴風雨踐踏過後的街道上。巨大機器一一在倒塌的大樓旁，蓋出外觀完全相同的新大樓。四處散亂的瓦礫堆藉由重機械之手被倒進巨大機器裡，化為了複製材料。這所有動作都是自動化進行，轉眼間，荒涼之地便恢復成原本的街景。

雖然那實在不像現實世界裡會有的光景，但確確實實發生過。在過去，茉希那也親眼目睹過那樣的光景。

「就這樣，『Copy』技術讓原本就快毀滅的世界保留住文明之光。不過，全世界只有少數城市重建成功，東京就是其中一個。」

聽到這句話之後，學生們的臉上浮現驕傲的神情。然而，茉希那的內心卻覺得不是那麼暢快。

這座城市繁榮無比，就彷彿過去不曾發生過那場悲劇一般。可是，即使城市已經復原，有些事物卻永遠也找不回來。當中包括了因災害而犧牲的人命。

茉希那沒有父母親，從小在公家設施裡長大。所以，茉希那並沒有嘗到失去家人的悲痛滋味。然而，老師淨是強調城市重建的話題，卻幾乎不提人命這回事的態度，讓茉希那莫名地感到煩悶。

（……話雖如此，但如果太深入去探討以前的悲劇好像也不太好……）

茉希那這麼轉念後，重新看向窗外。

人們所建造的美麗未來，在窗外延伸開來。

＊＊＊

沒多久，下課鐘聲響起，放學時刻到來。

看著老師走出教室後，坐在茉希那後方的莉子搭腔說：

「茉希那，辛苦啦！突然被點名還真是倒楣。」

「沒事啊，而且剛剛那問題很簡單。」

「不愧是資優生呢！不過，一般很少人能夠把 Copy 技術的正式名稱說得那麼溜。」

說著，莉子發出咯咯笑聲。

莉子和茉希那同樣沒有父母親，從小在公家設施裡長大。不過，有別於溫馴文靜的茉希那，莉子是個開朗活潑的女生。看著從小一起長大的莉子，茉希那面帶苦笑回答：

「妳這樣說不好吧！小心被老師聽到就要挨罵了！」

「這還好吧！不說這些了，我們回家吧！今天5點有線上遊戲的活動！」

「喔，妳上次說的什麼『PEGASUS』活動啊？」

「沒錯！這場大規模的活動可以看到傳奇人物等級的玩家齊聚一堂。錯過可惜啊！」

電玩咖莉子的臉上浮現興奮的表情。雖然茉希那對電玩方面很陌生，但考量到莉子的心情，於是快步走出教室。

兩人走出學校，來到了街上。櫛比鱗次的摩天大樓四周，可看見各種各樣的全像投影影片。

從人氣女歌手的MV，到正經的新聞節目，包羅萬象。當中某支影片吸引了茉希那的目光。

『怪盜團再度現身！空中豪華客船的藝術品遭竊！』

茉希那看見新聞節目裡出現這行字，不太明白是怎麼回事。「怪盜團？」茉希那這麼嘀咕後，莉子回答：

「茉希那，妳沒聽過啊？就是怪盜團 MAD JESTERS 啊。」

「那是什麼？跟電玩有關嗎？」

「不是啦，是真實存在的。最近出現一群自稱是 MAD JESTERS 的怪盜團，聽說他們會闖進各地方的美術館或企業內部偷走各種東西。」

莉子解釋到這裡後，茉希那總算明白是怎麼回事。

雖然現今已經很少看見這樣的存在，但世上有人會為了偷竊自己想要的東西而闖入他人家中。對於做出這類犯罪行為的人，一般稱之為「小偷」，但 MAD JESTERS 因為神出鬼沒且身分神祕，所以被稱為「怪盜」。

儘管知道這些知識，但還是有個地方讓茉希那感到納悶。

「……可是，莉子，他們為什麼要用偷的呢？如果想要什麼東西，不是請人 Copy 就好了嗎？」

「有道理。一般都會這麼做才對。」

說罷，莉子讓視線移向就在路邊的服裝複製店。

店內可看見各式各樣作為樣品的服裝全像投影浮在半空中。顧客從樣品中挑選想買的服裝後，店家就會「Copy」該服裝讓顧客帶回。

Copy 服裝必須付費，但每種款式的價格均一，便宜得幾乎像免費的一樣。不限於服裝，從家具、家電，到珠寶、藝術品，都是採用相同的制度。哪怕是食物也好，只要備有材料，照樣能夠進行合成、複製。

在這座城市，所有物品皆可 Copy，人人過著滿足的生活，也不會感覺到貧富差距。正因為如此，茉希那才會對「MAD JESTERS」的存在感到難以理解。

「……該不會是為了享受犯罪的刺激感吧？」

茉希那低喃道，莉子點點頭說：

「如果真是這樣，就會覺得可以理解他們的行為。就跟我喜歡玩電玩差不多是一樣的意思。不過，跟電玩不同的是，如果實際做出犯罪行為，就會被那些人追緝。」

茉希那往莉子指出的方向看去後，看見奇特的一群人出現在道路另一端。

一群男子頭戴全罩式安全帽，身上穿著黑色防彈衣。男子們是特殊部隊，隸屬於超東京的治安維護局「藍盾」。

警察功能因那場暴風雨而宣告停擺後，取而代之地設立了名為「藍盾」的組織來維護超東京的治安。「藍盾」雖不會對善良市民做出張牙舞爪的行為，但其存在散發出莫名的威壓感。

「……那些人還佩戴手槍耶。是不是發生什麼重大事件了？」

「應該是在追查剛剛說的怪盜團吧？或許有一部分的用意是為了預防市民因為受到

影響，也跟著犯罪吧。」

莉子的發言讓茉希那深感認同。那群人確實有十足的威壓效果。

茉希那兩人也感到有些不自在，於是匆匆忙忙踏上歸途。

＊＊＊

與莉子告別後，茉希那回到自家住宅。

茉希那住在公家設施為她安排的公寓套房。套房裡有客廳、餐廳以及臥室，這樣的空間對獨居的茉希那來說，有些太寬敞了。

打從出生後，茉希那便一直住在這裡，這個家她再熟悉不過了。然而，茉希那踏進家門後，一臉錯愕的表情。

「這、這是怎麼回事……？」

茉希那看見臥室裡有遭人翻箱倒櫃過的痕跡。

室內平常都是保持一片整齊，但此刻明顯變得凌亂。擺在牆邊的梳妝台造型的機器，也出現異狀。

那台機器名為「裝扮下載器」，是一種可以下載服裝或美妝品來進行 Copy 的設備。這種機器在現代已是十分普遍的商品，家家戶戶都會有一台。

對於自己喜歡的 Copy 物，還可以直接把它存放於裝扮下載器內。然而，茉希那家中的裝扮下載器此刻呈現完全敞開的狀態，裡頭的衣服和美妝品四處散落。

一時之間，茉希那搞不清楚發生什麼事，只能杵在原地不動。經過幾秒鐘後，茉希那明白了眼前這狀況代表著什麼意思。

「小、小偷……？該不會是被小偷闖空門了吧？」

方才話題裡才出現小偷，茉希那萬萬沒想到自己會成為受害者。茉希那心想不知道被偷走了什麼，急忙做起檢查。

存放在機器裡的服裝看得出來被鑑賞過，但沒有衣服鬧失蹤，內衣類也是一件不缺。茉希那摸著胸口鬆了口氣。

然而，一樣一樣地撿起四處散落的美妝品和飾品後，茉希那開始覺得不太對勁。

「咦……？」

茉希那不由得發出聲音。她察覺到理應存在的某樣物品不見了。

「戒指不見了……？」

5年前狂風暴雨的那一夜，茉希那收到了一只戒指，那只戒指從梳妝台裡消失不見了。

因為校規規定學生禁止穿戴飾品，所以茉希那把戒指謹慎地收在梳妝台裡，現在卻是翻遍所有地方也找不到。

「不會吧！怎麼會這樣！」

茉希那不由自主地環視室內一周後，有個陌生物品映入眼簾。

戒指消失不見了，取而代之地，出現一張卡片。

卡片上的藝術字體寫著 MAD JESTERS。

2

寶貴的戒指被偷了，犯人還是近來成為話題的怪盜團。

茉希那立刻向藍盾通報這件事。因而前來的搜查員聽完茉希那的詳細說明後，露出苦澀的表情。

「MAD JESTERS 幹的好事啊……事情變得有些棘手。」

做出這般發言的搜查員是一名二十來歲的男子，一副沒什麼幹勁的模樣。有別於成群結隊走在街上的特殊部隊，搜查員一身普通的西裝打扮。

搜查員的體格結實，眼神如猛蛇般犀利，但感受不到有什麼生氣。茉希那帶著困惑的心情，反問搜查員：

「有些棘手是什麼意思呢？」

「這半年來，妳說的怪盜團已經犯下多達十幾起竊盜事件。我們很積極在進行搜查，但目前仍然找不到任何一絲線索。」

「找不到線索……憑藍盾的實力，追捕小偷這麼點小事，不是應該輕而易舉嗎？」

茉希那看向窗外。街道上空可看見無數台空拍機交錯飛行。

那些是藍盾的「監視空拍機」。據說空拍機所拍攝到的影像會透過網路，隨時傳送到藍盾總部的伺服器。

茉希那以為只要回頭看監視記錄，兩三下就能夠逮捕到犯人。然而，搜查員一副恨得牙癢癢的模樣搖搖頭說：

「的確，如果是普通小偷，兩三下就會被逮捕。不過，這個怪盜團似乎不是普通的對手。包括這次的事件和一路來的多起事件，監視空拍機都沒有拍到犯人們的身影。」

「沒有拍到？難不成那些小偷可以變成透明人嗎？」

「也可能是入侵網路，把監視攝影機的影像給刪除了。我們想得到各種可能性，但目前都只是推測而已。」

「那這樣，被偷走的戒指——」

「我們賭上藍盾的威信，一定會幫妳找回戒指。不過……必須事先跟妳說明，有可能要花上一些時間才能找回戒指。」

對於搜查員的告知聲明，茉希那也只能點頭接受。

＊＊＊

後來，搜查員進行了一會兒現場蒐證後，留下一句「有進展時再跟妳聯絡」便瀟灑離去。被獨留下來的茉希那看著遭人翻箱倒櫃過的房間，陷入了思考。

雖然搜查員說過一定會幫忙找回戒指，但什麼也不做就這樣靜靜等待消息妥當嗎？搜查員的發言不帶任何保證，目前也毫無線索。

而且，怪盜團的一連串犯罪當中，茉希那的戒指事件恐怕會被歸類為最輕微的事件。藍盾若是延後展開戒指的搜查行動，也不會令人太意外。

（既然這樣，我也試著自己來找找看好了……如果只是一直靜靜等待藍盾的消息，也會越等越不耐煩吧。）

雖然沒有一定找得到戒指的自信，但總比什麼都不做來得好；茉希那這麼心想後，低聲說出：「DPD搜尋。」這時，茉希那佩戴在手腕上的裝置自動啟動，手邊隨之浮現全像投影畫面。

傳統的數位裝置如今進化得更具感知能力，並且被統稱為「數位感知裝置」（Digital Perception Device，DPD）。茉希那手邊浮現的全像投影畫面，差不多就像舊時代的智慧手機會看到的網頁瀏覽器。

茉希那以語音輸入的方式，試著先以「怪盜團／MAD JESTERS」進行搜尋。這時，畫面顯示出這些字眼的相關網站。

＝＝＝＝＝＝＝＝＝＝＝＝＝＝＝＝＝＝＝＝＝＝＝＝＝＝＝＝

【MAD JESTERS 特搜企劃　揭開傳說中的怪盜團神祕面紗！】

MAD JESTERS，近來鬧得沸沸揚揚的怪盜團。

對於這個連藍盾也追捕不到的怪盜團，想必很多人都想知道他們是何方神聖？

因此，我們GT媒體特搜班為了追查MAD JESTERS，傾巢出動。

根據目擊者的證言，MAD JESTERS並非普通怪盜。

據說有一次他們被藍盾逼得無路可退，最後飛向天空成功逃跑。

據說又有一次他們變身為其他人，瞞過追捕者順利逃脫。

難道他們是魔法師嗎？且看特搜班如何證實這個傳言——

＝＝＝＝＝＝＝＝＝＝＝＝＝＝＝＝＝＝＝＝＝＝＝＝＝＝

這是十分常見、帶著半開玩笑口吻的新聞網站內容。

除此之外，網路上還有無數將 MAD JESTERS 的相關風聲做了整理的網站，以及供調查用的維基百科等等。不過，這些網站所記載的資訊全都僅止於傳言，沒有什麼參考價值。

「……也是啦，如果搜尋一下就可以得到明確資訊，藍盾的人也不會那麼費心思了吧。」

稍作思考後，茉希那以「竊盜／找東西／方法」等字眼重新進行搜尋。這時，搜尋結果當中出現一個令茉希那感到在意的網站名稱。

茉希那觸摸全像投影的文字後，出現下面這麼一段內容：

＝＝＝＝＝＝＝＝＝＝＝＝＝＝＝＝＝＝＝＝＝＝＝＝＝＝

【夏洛克＆杰羅偵探事務所】

失去寶貴物品的朋友、看不清真相的朋友，

別再獨自煩惱了！歡迎來找我們聊一聊！

從尋找失物到尋找寵物，我們都將竭誠為您服務！

＝＝＝＝＝＝＝＝＝＝＝＝＝＝＝＝＝＝＝＝＝＝＝＝＝＝＝＝＝

這樣的內容有些難以分辨是在搞笑，還是認真的。

在研究這個問題之前，有個意外之處更教人在意，這時代居然還存在著「偵探」這種舊時代的職業？意思是說，不論城市再怎麼進步、社會再怎麼徹底執行資訊化，世上還是有對這類職業的需求嗎？

（……不，肯定是有需求的。現在的我就是一個好例子。）

網站上也提供了該偵探事務所的地址。

茉希那換上便服後，踏出家門準備前往偵探事務所的所在地點。

3

茉希那正在前往偵探事務所的路上，手邊浮現DPD的地圖畫面。

地圖畫面顯示出有些遠離茉希那所居住的代代木、屬於年輕人聚集之地「澀谷」的邊角位置。茉希那當然來過澀谷，但這是第一次踏入偏離澀谷車站、深入澀谷的地區。

隨著走進深入澀谷的地區，街景變得雜沓。看在茉希那的眼中，在路上來回穿梭的人們也顯得不是那麼友善。

（我好像來到不該來的地方……萬一被纏上了……要怎麼辦？）

這麼一想後，茉希那忐忑不安了起來。

茉希那覺得在街上群聚的小混混們，朝向她投來好奇的目光。茉希那縮著身子閃避那些目光，趕緊加快腳步前往目的地。

沒多久，茉希那終於抵達網站上所寫的地址。

眼前是一棟位在澀谷外圍、建蓋在老舊大樓之間的四層樓高住商混合大樓。茉希那戰戰兢兢地走進大樓後，異常的光景映入眼簾。

「唔？」

茉希那杵在原地不動，驚訝得說不出話來。一名裸著上半身的肌肉男和一名戴著眼鏡的青年，正在大樓入口處的走廊上，專心投入地做著肌肉訓練。

正確來說，只有肌肉男一人做著肌肉訓練。肌肉男手上拿著看起來差不多有20公斤重的啞鈴，一派輕鬆地上下舉動。另一方的眼鏡青年手持相機，在一旁拍攝肌肉男的動作。

「很好，斯馬修！好！可以開始介紹了！」

眼鏡青年這麼說之後，肌肉男回答：

「大家好！我是斯馬修。這次要跟各位介紹肌肉訓練器材之王『啞鈴』。雖然近來流行一些靠有的沒的藥物來輕鬆擁有肌肉的做法，但還是要能夠自然鍛鍊出肌肉才是最棒的！」

看來肌肉男似乎是透過影片分享或其他什麼模式在介紹啞鈴。

這個人該不會就是網站上的偵探吧？如果是，那就糟透了！

茉希那腦中浮現這般想法時，眼鏡青年發現了她的存在，立刻大聲說：

「啊！斯馬修！等一下！暫停錄影！客人來了！」

「咦？喔！」

看見茉希那的身影後，被稱呼為斯馬修的男子一臉錯愕的表情。男子一副難為情的模樣轉過身子，轉頭背對著茉希那說：

「抱、抱歉，我沒發現有人來。畢竟這棟大樓很少有客人出現……」

「不、不會，我無所謂。只是……你們是什麼人？」

「我是那間健身房的老闆，大家都叫我斯馬修（SMASH）。」

茉希那往斯馬修所指的方向一看，看見了一扇門，掛在門上的牌子寫著「斯馬修健身房」。不知道是不是因為極度怕羞，斯馬修一直沒有與茉希那對上視線，虧他一身強壯的肌肉，還是健身房的老闆。

眼鏡青年一副看不下去的模樣，從旁插嘴說：

「我叫恰達（Chatter）。我在這棟大樓經營網路商店。」

「網路商店？所以那啞鈴是商品囉？」

「沒錯。我今天請斯馬修來幫忙拍攝介紹商品的影片，不巧正好讓妳看到尷尬的畫面。」

自稱恰達的男子露出靦腆的表情，搔了搔頭。

茉希那一開始以為自己遇上了變態，但看起來兩人似乎都是正常人。至少與那些在街上群聚的小混混們比起來，兩人感覺比較容易溝通。

茉希那稍微鬆了口氣時，恰達發問說：

「對了，像妳這麼可愛的女生來到這棟龍蛇雜處的大樓有什麼事？」

「沒有，我是聽說……這棟大樓裡有『偵探』，才會來到這裡……」

「偵探啊，那不就是夏洛克他們那裡？他們的辦公室在這棟大樓的四樓喔！」

恰達指向走廊最深處的老式電梯說道。茉希那道謝後，搭上了電梯。

來到四樓後，只看見一扇門出現在短短一條走廊的正面。門邊掛著一塊牌子，牌子上寫著「夏洛克&杰羅偵探事務所」。

茉希那想要尋找的偵探似乎就在門的另一端。儘管心情緊張，茉希那還是鼓起勇氣打開那扇門。

打開門後，眼前出現小巧雅致、約有8公尺寬的四方形辦公室。

高達天花板的固定式書櫃，鋪滿辦公室的左右兩道牆。地板上和牆邊擺放著無數不知名的物品，給人十分雜亂的印象。

正前方有一張朝向茉希那這方擺設的木桌，一名看起來比茉希那年長一些、一頭褐色頭髮的青年，坐在木桌前的椅子上閱讀。

「你、你好，請問你就是偵探先生嗎？」

茉希那這麼搭腔後，青年抬起頭回答：「是啊。」

青年有些娃娃臉，但一身黑色西裝搭配細長領帶的打扮，散發出成熟的味道。青年帶有捲度的短髮髮型，與其充滿知性的容貌十分相配。

青年看向茉希那，露出親切的笑容說：

「歡迎來到夏洛克&杰羅偵探事務所。我是所長夏洛克（SherRock）。」

青年的外表看上去明顯是日本人，卻報上夏洛克這樣的名字。

最近很多日本人都會取帶有西洋味的名字，所以名叫夏洛克也不是什麼怪事。茉希那自身的名字也不算是那麼符合日本人印象的名字。

倒是夏洛克接著說出的話語，才真的讓茉希那感到驚訝。

「看來妳應該是弄丟了很重要的東西。所以，妳現在想要來借助偵探的力量。」

「咦？你怎麼知道？」

「因為我看得到真相。這麼點小事，只要看妳的表情就看得出來了。」

夏洛克一副沒什麼大不了的模樣答道。茱希那不由得倒抽一口氣，夏洛克見狀，苦笑說：

「抱歉，我跟妳開玩笑的。我只是分析過我們家事務所網站的連結資訊而已。」

「連結資訊？」

「不久前有人輸入『竊盜／找東西／方法』這些關鍵字搜尋到我們家事務所。隔沒多久後，鮮少出現的客人上門了。我心想妳有可能就是上網搜尋的那個人，所以刻意套了話。看來我好像完全猜對了。」

說罷，夏洛克一臉不懷好意的笑容。

夏洛克似乎很享受看到茱希那的驚訝模樣。茱希那有種被人玩弄的感覺，不禁一股怒氣升上心頭。

這時，背後突然傳來聲音：

「夏洛克，不要捉弄人家！你不知道客人有多珍貴嗎？」

茱希那嚇一跳地回過頭看，發現事務所的角落出現另一名青年。

這名青年一身西裝打扮，看起來也是比茱希那年長。不過，青年散發出有別於夏洛克的氛圍，不僅眼神犀利，體格也相當壯碩。

在青年開口說話之前，茉希那完全沒有察覺到他的存在。「你是誰？」聽到茉希那的詢問，青年回答：

「我是夏洛克的搭檔杰羅（ZERO）。」

自稱是杰羅的男子態度相當冷漠。

茉希那想起這家事務所的名稱就叫「夏洛克&杰羅偵探事務所」，心想應該是這兩人組成搭檔在從事偵探工作。

茉希那總算掌握到狀況時，夏洛克清了清喉嚨說：

「抱歉，杰羅說的沒錯……那這樣，可以告訴我們嗎？告訴我們妳弄丟了什麼東西？」

總算可以進入主題了。茉希那向前探出身子，回答夏洛克說：

「我希望你們可以幫我找回被偷走的戒指。」

「戒指？那當然是沒問題。只不過，既然是遇到偷竊案件，不是應該去找藍盾商量比較好嗎？」

「我已經找過藍盾了。可是，他們說要花時間……理由是犯人是身分不明的怪盜團，藍盾也掌握不到他們的行蹤。」

聽到茉希那的話語後，夏洛克皺起了眉頭。

杰羅似乎也感到訝異，放大嗓門說：

「……妳說的怪盜團該不會是傳言四起的 MAD JESTERS 那群人吧？」

「就是他們！現場被放了一張寫著那名字的卡片！」

茉希那這麼回答後，夏洛克一副深感興趣的模樣說：

「原來如此。所以妳才會來拜託我們這個區區一般市民的私家偵探，要我們幫忙找連藍盾也抓不到的怪盜團啊。」

「果然有困難，是嗎？」

「不，這件事很有趣。很佩服妳會想到來委託我們。」

說罷，夏洛克笑了笑，杰羅也點了點頭。

夏洛克看向茉希那，恭敬有禮地低下頭說：

「收到，就接受妳的委託吧！我們一定會找回妳失去的寶貴戒指！」

4

就這樣，夏洛克與杰羅表示願意展開搜尋茉希那戒指的任務。

夏洛克與杰羅重新正式做過自我介紹後，決定一起前往茉希那的住處。照夏洛克與杰羅兩人的說法，如果不先確認過現場，哪知道應該從何做起。

在前往偵探事務所的一路上，茉希那一直處於提心吊膽的狀態，但回程有了夏洛克與杰羅的陪伴，不禁覺得安全許多。茉希那暗自鬆了口氣時，夏洛克邊走邊開口詢問：

「對了，茉希那，展開搜尋之前，可以先問妳一個問題嗎？」

「請問是什麼問題呢？」

「啊，妳說話不用這麼拘謹啦！我是想問妳關於被偷走的戒指的事。既然那戒指寶貴到會讓妳想要找偵探來搜尋，為什麼當初沒有 Copy 戒指呢？」

夏洛克會產生這樣的疑問十分正常。茉希那聽從夏洛克的建議，以平常的說話口吻回答：

「我當然也想過要 Copy 戒指。可是，Copy 不了。」

「Copy 不了？」

「我也不太清楚是技術方面有什麼問題……不論我去找哪一家 Copy 業者，每一家都跟我說無法 Copy。」

茉希那想起前陣子試圖 Copy 戒指時，Copy 業者向她做過的說明。

即使現在是一個任何物品都可以 Copy 的時代，但依 Copy 的物品不同，難易度上還是會有所差異。構造越是複雜或組成物質越是稀有，複製的難度就會越高。

就形狀來說，茉希那的戒指再單純不過了，但組成物質十分稀有。據說該物質是一種幾乎沒有在市面上流通的特殊金屬。因為這樣，Copy 業者也束手無策。

「……業者有告訴我可以 Copy 出相同形狀的戒指，但那麼做也沒有意義吧？基本上，我覺得寶貴的物品本來就不應該拿來 Copy。」

「妳真的這麼覺得？」

「嗯……很怪嗎？」

說出真心想法後，茉希那不禁感到後悔。畢竟一般都會以異樣的眼光，來看待說出這種話的人。

就現今時代的常識來說，越是寶貴的物品，更應該加以複製。畢竟只要有備份，哪怕失去了什麼，也能夠立刻重新擁有。

然而，茉希那不喜歡這樣的潮流。至於為什麼不喜歡，她也說不出個所以然。茉希那說不出來原因來，只好露出苦笑接著說：

「……抱歉，當我剛剛什麼也沒說。我只是莫名其妙地會有這樣的想法而已。」

茉希那這麼做了解釋，卻出乎預料地看見夏洛克搖搖頭說：

「不，我懂。我也是那種對於真正重要的東西，會刻意不去 Copy 的人。」

「真的嗎？」

「嗯。應該說也沒辦法 Copy。因為我最寶貝的東西是這傢伙。」

說罷，夏洛克輕聲吹了一下口哨。這時，一隻咖啡色的小生物，從夏洛克的胸前探出頭來。

「哇？怎麼會冒出這個小傢伙？」

「牠是松鼠五郎，我的好朋友。」

「是喔～真可愛。」

這是茉希那第一次親眼看到松鼠，但還是可以感受到松鼠的可愛。看見茉希那後，五郎微微歪著頭。

杰羅原本在一旁看著茉希那和夏洛克兩人的互動，這時聳了聳肩膀說：

「夏洛克說的沒錯。世上還是有不論使用什麼技術，都無法 Copy 的東西。包括生物的生命，還有妳的戒指。」

「是啊……但我的戒指或許沒有生命那麼寶貴就是了。」

「不過，對妳來說，那只戒指很寶貴，不是嗎？不應該去比較哪一方才更寶貴。」

夏洛克點點頭附和杰羅的話語說：

「沒錯，任誰都有自己覺得寶貴的東西。我們的工作就是找到人們的寶貴物品。」

茉希那露出笑容回應兩人的話語。

雖然對夏洛克兩人的第一印象不佳，但茉希那不由得心想：「或許這兩人其實很體貼也說不定。」茉希那與夏洛克兩人一同加快腳步踏上歸途。

＊＊＊

沒多久，三人抵達了茉希那的住處。

這會是茉希那第一次讓男生踏進她的房間，但現在不是在乎這些的時候。茉希那告訴自己別想太多，以嚴肅的態度迎接夏洛克兩人進入屋內。

臥室仍維持著被翻箱倒櫃過的狀態，看了臥室後，夏洛克表情訝異地說：

「……這現場怪怪的，看一眼就可以看出很多不自然之處。」

「為什麼會怎麼覺得？」

「首先，犯人只翻動過裝扮下載器。如果想偷昂貴物品，應該會在不同櫃子裡翻找東西吧？」

聽夏洛克這麼一說，茉希那也察覺到了事實。

茉希那的住處還有其他很多家具，房間裡也有看起來就像會收放貴重品的收納櫃，以及地板下的收納空間。犯人沒有翻動過這些地方。

夏洛克看了散落在地板上的複製美妝品一眼後，繼續說：

「還有其他疑點。犯人為什麼要挑這間房間下手？」

「咦？」

「這麼說或許有些失禮，但妳家只是很普通的住家。雖然比起貧民區的住戶，這裡的生活好太多了，但這一帶也不是特別富裕的地區，不是嗎？」

「也是……我相信有很多更有錢的住家。」

夏洛克點點頭回應後，撿起掉落在地板上的卡片，也就是那張印了怪盜團名稱 MAD JESTERS 的卡片。

「……也就是說，犯人的目的不在於金錢，而是一開始就打算偷走『妳的戒指』。因為這樣，犯人才會只翻找裝扮下載器這種會被用來收放戒指的地方。」

茉希那不得不佩服夏洛克的推理。

不愧是偵探，只看一眼就可以做出這麼多推測。茉希那這麼心想，但下一秒鐘內心立刻湧上疑問。

「可是，夏洛克，這樣太奇怪了吧？幾乎沒有人知道我有那只戒指啊！」

「是這樣嗎？」

「嗯，我也沒有給朋友看過那只戒指。誰也不知道戒指的存在，那是只屬於我的寶物。」

聽到茉希那這麼說，夏洛克沉思了起來。這時，杰羅放大嗓門說：

「……不過，應該不是完全沒有人知道戒指的存在吧？好比說，妳曾經委託對方 Copy 戒指的業者之類的。」

「所以犯人是業者？」

「不見得。不過，業者有可能和怪盜團有所勾結。」

的確有這樣的可能性。茉希那暗自感到認同時，杰羅對她說：

「……我說的純粹是一個可能性而已，妳不要這麼坦率就接受這個說法。而且，我不太擅長推理，妳可以不用太當真。」

「是、是嗎？」

「我負責處理需要動手的場面。動腦方面屬於夏洛克的領域。」

茉希那不由得看向夏洛克，夏洛克托著下巴不知道在思考什麼。

沒多久，夏洛克走近窗邊，拉開了窗簾。街道的景色在窗外延伸開來，監視空拍機在街道上空交錯飛行。

看見窗外的光景後，夏洛克不知忽然想到了什麼，低喃說：

「……抱歉，茉希那，妳可不可以尖叫一下？」

「咦？尖、尖叫？」

「嗯，而且還要很大聲，像拚命在求救那樣。」

茉希那不明白夏洛克有何意圖，但看得出來夏洛克的眼神認真。遲疑了一會兒後，茉希那定下決心地點點頭。跟著，茉希那深深吸了一口氣——

「救命啊～～～～！快來人啊！」

茉希那尖聲大叫。

過了十幾秒鐘後，玄關處的門鈴不停響起。

『我們感測到尖叫聲。發生事件了嗎？』

門外傳來像是合成、顯得不自然的聲音。茉希那未加思索地打開房門後，看見一道出乎預料的身影站在門外。

對方是一名頭戴全罩式安全帽、身穿黑色防彈衣的男子。茉希那在放學回家的路上，也看到過的藍盾特殊部隊就在門外。

（為什麼特殊部隊會跑來？）

特殊部隊是因為聽到茉希那的尖叫聲，以為發生什麼事件而趕來的嗎？如果真是如此，特殊部隊的態度似乎太過激動，趕來的速度也快得驚人。

夏洛克慌慌張張地衝向藍盾說：

「啊！不、不好意思！我想說她願意讓我進到房間來，所以主動握了她的手，但現在看來我們好像還沒有親近到那種程度……」

藍盾一副感到困惑的模樣陷入了沉默。

夏洛克抓住對方的肩膀，苦苦哀求說：「抱歉！拜託千萬不要逮捕我！」藍盾撥開夏洛克的手，以機械化的聲音說：

「嚴重提出警告，下次如果再發生相同狀況，我們將會限制你的市民ＩＤ的連結權限。」

那聲音不帶一絲情感，只是斷定地表達警告。茉希那不禁感到毛骨悚然，但藍盾根本沒有理會她的心情，便自顧自地關上玄關門，不知往哪裡去了。

沒多久，等到聽不見腳步聲後，杰羅壓低聲音說：

「……夏洛克，你剛剛在演哪齣啊？」

「什麼演哪齣？」

「你故意讓茉希那大聲尖叫，把藍盾叫來的吧？你不惜演一場戲給人家看的目的是什麼？」

聽到杰羅的話語後，茉希那才有所驚覺。茉希那這才想到看見藍盾立刻現身時，夏洛克毫無驚訝的情緒。夏洛克想必早已預料到藍盾就在附近，所以只要茉希那大聲尖叫，藍盾就會立刻趕來。

「很不錯的推測。」夏洛克先這麼說了一句後，做起說明：

「他們之所以會在附近，八成是因為這裡是怪盜團的犯罪現場。畢竟『犯人會重回犯罪現場』。他們想必是為了逮捕犯人，所以在附近監視。」

「剛剛那麼做的確證實了這點，但是……這跟尋找犯人扯不上關係吧？」

茉希那說道，夏洛克搖了搖頭。

茉希那不禁皺起了眉頭，夏洛克看著自己的手說：

「……不，我們可能得到了重要線索。快回去事務所一趟吧！」

＊＊＊

前往事務所的路上，夏洛克和杰羅一句話也沒說。

茉希那感受到氣氛非比尋常，所以也什麼都沒說。不過，茉希那終究還是受不了沉默氣氛的煎熬，一抵達事務所，立刻開口詢問：

「為什麼要回來事務所？你說的線索是什麼？」

「偷走戒指的犯人資訊啊。」

夏洛克這麼回答後，一邊拉下窗戶的百葉窗，一邊繼續說：

「只有妳、我和杰羅，還有 Copy 業者知道那只戒指的存在。不過，除此之外，有些傢伙就算知道戒指的存在也不足為奇。」

「咦？」

「我指的是藍盾。街上到處都有藍盾的監視空拍機飛來飛去，搞不好他們知道妳曾經拿戒指去找 Copy 業者，也知道妳被拒絕。」

「你、你的意思是戒指是被藍盾偷走的？而不是那個怪盜團？」

「這只是一個可能性。接下來就是要確認有沒有這個可能。」

說罷，夏洛克深深呼出一口氣。接著，夏洛克伸出雙手，做出不知在念誦什麼的舉動。

在那下一秒鐘——奇異事件發生了。

「咦……？」

夏洛克的雙手發出白色光芒。

白色光芒逐漸增強，開始在半空中形成影像。宛如全像投影般，半空中浮現看似藍盾的安全帽的影像。

「這……這是什麼……？」

茉希那低喃道，她無法理解眼前所發生的光景。這時，杰羅用著平靜的語氣回答：

「妳以前沒看過啊？那是在『Copy』。」

「Copy？那是 Copy？」

Copy 這個單字再熟悉不過了。這個技術讓以往遭到破壞的這座城市，轉眼之間得到復原。

可是，照理說，必須有茉希那白天上課時看到的那種大規模設備以及材料，才能進行 Copy。茉希那所認知的 Copy 與夏洛克現在的舉動相去甚遠。

茉希那不禁感到困惑，杰羅若無其事地告訴茉希那說：

「這跟妳所知道的 Copy 想必不同吧！不過，夏洛克能夠在沒有任何設備和材料之下，任意複製出碰觸過的東西。」

「這……這簡直就像在施展魔法……！」

「有點像吧。不過，我們都稱之為『技能』就是了。」

茉希那與杰羅交談之間，全像投影逐漸化為實體。夏洛克凝視著眼前的實體說：

「5年前發生那場暴風雨的晚上，喚醒我體內的這個能力。當時我居住的地方倒塌，一堆瓦礫朝向我壓過來的時候——我的腦袋裡像是有什麼東西突然炸開來。」

「暴風雨的那天晚上？」

「可能是在那個極限狀態下，生存本能被激發了出來。我的身體自己發出光芒，四周築起了牆壁。」

「就像被喚醒超能力那樣……？」

「我自己也不太清楚，但應該就是那麼回事吧。總之，因為有了這個能力，我存活了下來。」

夏洛克說完這句話時，「Copy」動作似乎也結束了。夏洛克的手上捧著藍盾所戴的全罩式安全帽。

「好了，Copy 完成。茉希那，妳要摸摸看嗎？」

茉希那照著夏洛克所說伸手一摸後，確實觸摸到了安全帽。

冰涼的硬質觸感，加上沉甸甸的重量。那不是全像投影，而是貨真價實的安全帽。

茉希那感到難以置信地低喃說：

「真、真的可以 Copy 出來耶……！夏洛克，你到底是何方神聖？」

「我只是一個普通偵探啊。不過，我會一點點比較特殊的技能就是了。」

說著，夏洛克笑了笑，接著收起笑容，以嚴肅的表情說：

「這不重要，更重要的是這頂安全帽。這安全帽是藍盾那些傢伙的防護具，同時也是資訊終端裝置。我連同內部的資料，也全部 Copy 了。」

「連資料也 Copy……？」

「沒錯。只要調查這裡面的資料，想必就可以知道藍盾的行動。」

夏洛克戴上安全帽，一副熟練的模樣啟動裝置。這時，安全帽的遮陽鏡片部位閃爍起來，跟著顯示出圖形和文字。

茉希那猜想那應該是一種用來傳達資訊給佩戴者的ＡＲ裝置。夏洛克操作著裝置，尋找起內部的資料——

「……賓果！」

沒多久，夏洛克這麼喊了一聲後，脫下安全帽。

茉希那還處在訝異的情緒當中時，夏洛克已經把安全帽往她的頭上戴。這時，茉希那看見遮陽鏡片的內側顯示出眼熟的影像。

「這是……！」

茉希那看見了她的戒指。

戒指的影像旁邊寫著一行字：【回收對象　FX-033「再生戒指」：IC0006/03/21完成回收】。這是今天的日期。

一張照片以及少量的資訊——即便如此，仍然讀取得到某些事實。

「藍盾把我的戒指『回收』走了……？」

茉希那顫抖著聲音低喃後，夏洛克和杰羅點了點頭。茉希那脫下安全帽，繼續說：

「可是，『回收對象』是怎麼回事？為什麼藍盾要回收我的戒指？」

「我不清楚細節。不過，那些傢伙似乎從以前就一直反覆做出這種行為。他們積極尋找無法複製的稀有物，找到之後就強奪稀有物，才不管持有者的意願。」

「怎麼可能……？」

「因為職業關係，所以我們在這方面有充足的資訊。過去也發生過好幾起相同的案例。」

「等一下，那為什麼會有『怪盜團』？」

「那是他們安排好的代罪羔羊。如果一個負責維護城市治安的部隊搶奪市民的持有物，當然會構成問題。所以，他們營造出東西是被身分不明的怪盜團給偷走的假象。」

夏洛克說道，他的臉上已不再是先前的溫和表情。那表情成了最有力的證明，說出方才的說明是千真萬確的事實。

有了這般領悟後，茉希那不禁感到全身無力。

（……原來如此，難怪藍盾會掌握不到怪盜團的行蹤。）

原來鬧得沸沸揚揚的怪盜團，打從一開始就不存在。一切不過是藍盾利用了在大街小巷流傳開來的謠言罷了。偷走戒指的真凶，其實是本應負責逮捕怪盜的治安維護局。

去到茉希那家中的年輕搜查員，想必也知道真相。茉希那這才想通年輕搜查員為何沒有表現出一副霸氣凌人的態度。

原來藍盾安排好了一齣天大的鬧劇，讓茉希那配合演出。一股無力感湧上茉希那的心頭，聲音也沙啞了起來。

「哈哈……那就沒轍了……既然犯人是藍盾，也只能放棄戒指了。」

「放棄？茉希那，妳真的甘心放棄？」

「不放棄還能怎樣？就算想去通報，我又能找誰通報？即使說給藍盾聽，也只會被忽略帶過。」

那是必然的結果。想也知道藍盾不可能為了自身的犯罪展開搜查。「把戒指還給我！」即使如此大聲抗議，也只會落得不被理睬的下場。

若是想要對抗權力，更是魯莽到了極點。茉希那試圖這麼說服自己。

然而，杰羅以苦澀的聲音說：

「可是，茉希那……既然妳說沒轍，又為什麼要那麼生氣呢？」

「唔……！」

被杰羅這麼一說，茉希那也察覺到自己的憤怒。茉希那這才發現自己用力握緊拳頭，力道大到指甲深深陷入掌心。

沒錯，茉希那其實根本不想放棄。擺出「我是正義使者」的姿態欺瞞市民，奪走寶貴戒指的那群傢伙，讓茉希那憤怒到全身就快顫抖起來。

夏洛克看出茉希那的情緒，開口詢問：

「……看來那只戒指對妳來說，真的很重要。有什麼原因嗎？」

「我自己也不知道……不過，就是會覺得不能失去那只戒指。」

5年前那場暴風雨的晚上，茉希那擁有了那只戒指。

茉希那不記得是誰給了她戒指。不知道是不是因為受災的打擊過大，茉希那對當時的記憶模糊。即便如此，遺失的記憶深處還是會傳來聲音。

「好好珍惜這只戒指，它一定會保護妳平安度過災難。」

想起那聲音後，茉希那不知怎地熱淚盈眶。

看見茉希那的模樣後，夏洛克和杰羅互相使了眼色。杰羅沉默地點點頭後，夏洛克直直看著茉希那說：

「……茉希那，我們明白妳的想法了。既然這樣，就讓我們幫妳從那群傢伙手中奪回妳的寶物吧！」

「不可能的……就算你們是再厲害的偵探，也不可能做得到。」

「做得到的。因為──」

夏洛克把臉貼近茉希那的耳邊。

「我們是如假包換的 MAD JESTERS。」

…………………

夏洛克這麼低喃一句。

「咦……？什、什麼意思？」

茉希那不由得做出感到疑惑的發言後，杰羅一副過意不去的模樣說：

「抱歉，茉希那，我們在妳面前扯了兩個謊。一個是我們騙妳『怪盜團根本不存在』，另一個是騙妳『我們是偵探』。」

夏洛克點點頭，接著說：

「沒錯。不過，怪盜團 MAD JESTERS 是存在的。我們正是大家口中的怪盜團，偵探只是假身分。」

夏洛克一邊說話，一邊朝向茉希那伸出右手。夏洛克的手開始發光，跟著出現一張紙片。

也就是那張被留在犯罪現場、寫著怪盜團名稱的卡片。

「你、你們當初為什麼不告訴我？」

情急之下，茉希那這麼脫口而出，夏洛克聳聳肩說：

「就算妳是委託人，我們也不可能輕易就讓妳知道真實身分啊。事實上，一路來我們偷過很多寶物，藍盾也確實在追捕我們。妳也有可能只是偽裝成委託人，其實是藍盾那邊派來的密探。」

「我才不是密探呢！我只是個普通的高中生，而且還是受害者！」

「看到剛剛的淚水後，現在我們已經篤信妳不是密探。那是發自真心的眼淚，也讓我們有了不想讓妳白白流淚的念頭。」

夏洛克一副難為情的模樣笑了笑。杰羅也像是試圖掩飾害羞情緒似的，以嚴肅的語調說：

「……而且，藍盾那群人拿我們的名字行騙這件事，早就惹得我們很不爽。我們也想奪回被偷走的戒指，來懲罰他們一下。」

「原來是這樣啊……可是，你們要怎麼奪回戒指？」

「對我們來說，那不是什麼難事。再說，擁有 Copy 技能的人，也不只有夏洛克一人。」

說著，杰羅的身體泛起光芒。

如同夏洛克方才的舉動，杰羅身上的光芒在半空中形成影像。轉眼間，杰羅已全副武裝，一身裝扮與藍盾身上的那套裝備如出一轍。

「杰羅，你也有那個你們說是技能的能力？」

「但我沒辦法像夏洛克複製得那麼精密就是了。如果只追求外觀的話，小事一樁。」

茉希那和杰羅交談之間，夏洛克忙著 Copy 其他東西。

夏洛克 Copy 出與夏洛克和杰羅兩人長得一模一樣的假人。假人身上似乎內建了簡易ＡＩ，簡直就像活生生的人一樣做著動作。

這完全是一種魔法。茉希那的腦海裡，忽然閃過白天瀏覽到的網路報導內容。

可以在天上飛、改變外表自如，擁有魔法的怪盜團 MAD JESTERS——這些傳言或許全是真的也說不定。

沒多久，假人製造完成了，真人夏洛克對著茉希那說：

「這是用來製造不在場證明的假人。我們去奪回戒指的那段時間，妳就和假人一起混。只要讓監視空拍機拍到那畫面，就可以有不在場證明了。」

夏洛克一邊說話，一邊也 Copy 了自己的裝備。很快地，夏洛克也穿戴上安全帽和防彈衣，變裝成為藍盾隊員。

一切似乎已經準備就緒。夏洛克隔著安全帽說：

「茉希那，那就開始吧！等我們離開事務所之後，妳就把那扇窗戶的百葉窗打開來，讓他們看到事務所的狀況。我們會趁這段時間奪回戒指。」

「沒、沒問題！」

這是很重要的製造不在場證明動作！茉希那告訴自己要好好完成任務。為了保護因為信任茉希那而主動表明身分的夏洛克兩人，茉希那也一定會完成任務。

茉希那這麼下定了決心。夏洛克兩人留下茉希那準備踏出事務所時，茉希那朝向兩人的背影搭腔說：

「兩位……請你們務必小心安全。」

聽到茱希那的話語後，兩人都回過頭，做出開朗的回應。

「別擔心，妳忘了我們是何等人物嗎？」

「我們可是連藍盾也掌握不到身分的怪盜團 MAD JESTERS！我們既不妥協，也不讓步。一旦鎖定目標，就一定會成功奪取。」

夏洛克兩人丟下這兩句話便踏出步伐，茱希那目送著兩人離去。

在那之後，茱希那等了一會兒，直到兩人的腳步聲完全消失後，才拉開百葉窗。

5

夏洛克和杰羅一身藍盾的裝備，毫無遲疑地走在街上。

兩人照著安全帽所顯示的資訊，朝向指出戒指所在地的位置前進。

「……距離不會太遠。我以為早就被移送到總部，看來應該還保管在分部。」

夏洛克低喃道，杰羅點點頭說：

「應該是擔心在移送途中被奪回，所以正在安排如何戒備吧。這時候真的很感謝他們的謹慎態度。」

藍盾的「總部」位於超東京中心的特別區，是一棟高高聳立的巨大建築物，並且有大批負責戒備的隊員。不過，如果換成是設置在街上各處的「分部」，其數量雖多，但隸屬於各分部的隊員人數也就相對降低，所以哪怕只有夏洛克和杰羅兩人，還是有機會展開突襲。

「……對了，夏洛克，你說要奪回戒指純粹只是為了茉希那嗎？」

杰羅一邊前進，一邊發問，夏洛克面帶微笑說：

「基本上是為了她沒錯。不過，以我個人來說，我對那戒指挺好奇的。我是指不能Copy的部分。」

「意思是那戒指也是『最終真相（Final Fact）』之一啊？」

「嗯，應該是……啊！目的地快到了，專注一點吧！」

沒多久，保管戒指的分部出現在眼前。分部是小小一棟建築物，外觀很像前世紀會有的派出所。不過，分部的牆壁是以防彈防爆陶瓷建蓋而成，整棟建築物不見任何窗戶，金屬門緊閉著。

唯有藍盾的隊員，才打得開那扇金屬門。現在戒指剛回收不久，隊員們想必正在分部裡待命。杰羅一邊觀察分部，一邊說：

「好啦，算是順利來到分部了，但有那麼容易找到戒指嗎？」

「放心，我Copy的這套裝備的主人，在藍盾內部的階級好像挺高的。只要有這一身裝備，基層隊員都會乖乖服從。畢竟他們不是看長相，而是看ＩＤ在認人。」

夏洛克一派輕鬆地走近分部，跟著把掌心壓在金屬門上。這時，感測器掃描起安全帽，進行ＩＤ認證的動作。

沒多久，金屬門安靜無聲地打開來，屋內的模樣出現在眼前。

「……？」

分部裡的四名隊員一齊看向夏洛克兩人。夏洛克朝向四名隊員搭腔說：

「已經安排好移送回收對象 FX-033 到本部的相關事宜，快去把對象物拿過來。」

隊員們沉默地行一個禮後，從建築物後方的管理箱取出戒指。

然而，隊員在準備把戒指遞給夏洛克的前一秒鐘，忽然停下動作。

「怎麼了？動作快點！」

隊員沒有做出回應，沉默不語地看著夏洛克。在那一刻，隊員似乎掃描了夏洛克兩人的裝備。

（難道被發現這兩套裝備是複製品了嗎？）

夏洛克這麼心想時，一直低調待在身後的杰羅採取了動作。

杰羅衝進分部裡，順勢朝向一名隊員猛力揮拳。顯示出「Scanning」的安全帽碎裂開來，隊員飛了出去。

隊員拿在手上的戒指因為撞擊力道，而浮在半空中。在戒指掉落地面之前，另外三名隊員伸手準備拔槍。

然而，杰羅的動作比他們來得迅速，雷光石火間，杰羅的拳頭一個個擊倒其他隊員。短短幾秒鐘過後，分部裡的四名藍盾隊員已經疊成一堆倒在地上。

「壓制行動結束。」

杰羅這麼低喃一句後，伸手抓住浮在半空中的戒指。夏洛克見狀，露出微笑說：

「不愧是 MAD JESTERS 中的最強男人。你跟人家較勁時的身手總是讓人看得如癡如醉。」

「少在那邊開玩笑了，夏洛克！趕快善後一下，準備逃跑吧！」

夏洛克點頭回應後，先是破壞設置在分部裡的監視攝影機，跟著也破壞倒在地上的隊員們的安全帽。在那之後，夏洛克只針對形狀，正確 Copy 出戒指，並把假戒指放進管理箱裡。

這麼一來，就算從隊員們的安全帽紀錄查出「分部遭人襲擊」，也不會知道戒指被掉包過。當然了，如果做了精密檢查，想必就會發現是假戒指，但至少能夠多爭取一些時間。

「……如果是在平常，應該是要留一張卡片給他們，但這次就不留了。這次與其說是怪盜，感覺更像強盜。」

「在這狀況下也沒其他辦法了。總之，回去找茉希那吧！」

說著，夏洛克與杰羅離開了分部。

6

夏洛克兩人回到事務所後，沒有立刻開門，而是敲敲門說：

「茉希那，我們回來了。妳可以先關上百葉窗，再幫我們開門嗎？」

一陣喀噠喀噠聲響傳來後，房門像彈開來似地迅速打開。

「太好了！你們兩個都平安無事！」

茉希那一打開門，隨即衝上前抱住夏洛克兩人。夏洛克兩人驚訝不已，茉希那張開雙手抱住兩人，顫抖著聲音說：

「我好擔心你們會出事……！我一直在想就算你們的能力再強，還是不知道能不能成功對付藍盾……！」

「妳擔心過頭了。我們常幹這種事，沒什麼大不了的。」

「別說這些了，茉希那，妳可以放開我們嗎？這樣要怎麼進去事務所？」

杰羅說道。「啊！抱歉！」茉希那急忙挪開身子。

走進事務所後，夏洛克與杰羅消除了身上的藍盾裝備。跟著，兩人也把事務所裡和他們長得一模一樣的兩個假人消除了。

「……原來 Copy 出來的東西還可以消除掉啊？」

茉希那瞪大著眼睛問道，夏洛克回答：

「畢竟是在沒有材料之下 Copy 出來的東西，本來就不具有實體。這樣的東西撐不了太久時間，也可以隨時說要消除就消除。」

「是喔，果然是很厲害的技能……！一路來，你們靠這樣的能力順利偷走很多東西，是嗎？」

茉希那的臉上不帶責備的神色，看得出來純粹是出自好奇心。杰羅點點頭回答：

「沒錯，但我們會鎖定的目標不是像妳這樣的一般市民。我們的目標僅限於城市裡有權有勢的人物以及富裕階層，像是會獨占寶貴物品的企業或組織等等。」

「可是，要從那些人手中偷走東西不是很困難嗎？跟我家比起來，他們應該是戒備相當森嚴，就你們兩個人去挑戰，這難度……」

「沒錯。光靠我們兩個確實不可能挑戰成功。所以，我們會借助於其他同伴的力量。」

就在杰羅這麼說時，不知哪個人打開事務所的門，走了進來。

「兩位辛苦啦！看來你們似乎順利奪回戒指了。」

聽到對方的聲音後，茉希那嚇了一跳。聲音的主人是茉希那第一次來到這棟大樓時，在入口處附近拍攝影片的眼鏡青年「恰達」。

那時與恰達在一起的肌肉男「斯馬修」也在一旁。斯馬修果然還是赤裸著上半身，他背對著茉希那說：

「茉希那，真是太好了！妳交給他們兩個處理是對的。」

「呃……這是怎麼回事……？為什麼他們兩個知道戒指的事？」

看見茉希那感到困惑的模樣，夏洛克搔了搔頭說：

「茉希那，不好意思喔，我們還有事情沒跟妳說。其實怪盜團 MAD JESTERS 不只有我和杰羅而已。住在這棟大樓裡的所有人都是我們的同伴。」

「真、真的嗎？」

「關於這次事件的資訊，我們一開始就分享給同伴知道，同伴也在暗地裡支援過我們。像是在往返藍盾分部的路上，幫我們避開監視空拍機的監視等等。」

夏洛克面帶微笑說道，茉希那頓時啞口無言。

（這些人到底要嚇我多少次才甘心啊……？）

夏洛克他們滿是謎團，即使共度了一天，茉希那還是無法徹底摸清他們的底細。不過，茉希那絕沒有因此感到不悅，反而是覺得痛快，也深深被吸引。

茉希那驚嘆不已而一直保持著沉默時，杰羅一副擔心的模樣說：

「抱歉啊，有這麼多祕密。妳就看在我們已經照約定把戒指搶回來的份上，別跟我們計較了吧！」

說罷，杰羅遞出了戒指。茉希那伸手準備接過戒指時，忽然停下手說：

「……真的很謝謝你們。可是，仔細一想，這戒指讓我帶著會很危險。」

「為什麼？」

「萬一藍盾來搶回戒指，我根本保護不了。藍盾也有可能因此查出資訊，害得你們身分曝光。」

「的確有可能……那妳打算怎麼做？」

「杰羅，如果你願意的話，可以幫我保管戒指嗎？比起放在我這邊，交給你保管會安全上好幾倍。」

聽到茉希那這麼說，杰羅稍作思考後，點了點頭。

「好吧，我就負責幫妳保管。」

「謝謝！這樣我就放心——」

茉希那話說到一半時，被夏洛克打斷了。

「不對，光是這樣還不夠周全。現在茉希那已經知道我們的祕密，如果就這樣讓茉希那回去，不太安全吧。」

聽到夏洛克的話語後，茉希那和其他青年都瞪大著眼睛。斯馬修和恰達紛紛開口說話。

「夏洛克，你在開玩笑嗎？你真心覺得這女孩會把我們的真實身分告訴其他人？」

「說這種話會不會太不信任人了？一點都不像你的作風耶，夏洛克。」

然而，夏洛克頑固地搖頭說：

「這是攸關整體怪盜團安全的問題。哪怕只是一點點，我都不想留下有可能造成我們身分曝光的風險。」

「我、我不會跟任何人說的！因為我真的很感謝你們！」

「妳現在或許會這麼想，但等分開一段時間後，就不知道會怎麼想了。所以，我想拜託妳一件事。」

夏洛克握起茉希那的手，繼續說：

「……我希望妳也成為我們的『同伴』。要妳加入怪盜團或許有困難，但至少可以當偵探事務所的助手。」

「助、助手？」

夏洛克的話語讓茉希那感到意外極了。不過，杰羅似乎理解了夏洛克的想法，他露出苦笑說：

「……我懂了。只要把茉希那留在我們身邊，不但比較好預防她洩漏祕密，也可以保護到她的人身安全。」

聽杰羅這麼一說，茉希那也有所察覺。

誰也不敢保證藍盾不會因為這次的事件，而盯上茉希那。夏洛克想必是顧慮到茉希那的安全，而希望茉希那留在他們身邊一段時間。

被杰羅指出這般想法後，夏洛克一副難為情的模樣別開視線。茉希那心想或許夏洛克在某些方面，其實是個容易害羞的人。

所以，茉希那沒有刻意提及這點，而是面帶微笑回答：

「好吧，夏洛克……為了共享祕密，可以讓我成為你們的同伴嗎？」

聽到茉希那的話語後，夏洛克笑著說：「非常歡迎。」

皎潔月光下 Steal up Steal up Now

比誰都要恣意瘋狂熱舞

手到擒來 Real & Future

開啟閃耀光芒的大門

LIBERATION

GENERATIONS from EXILE TRIBE

Words: ZERO(YVES&ADAMS) / Music: KENTZ, ERIK LIDBOM

Chapter 2

怪盜篇

1

茉希那以助手身分加入夏洛克兩人的偵探事務所後，已過了兩星期。

那天之後，茉希那每天一放學就換上便服，接著前往偵探事務所的那棟大樓。到學校的去程和回程路上，都會有杰羅的陪伴。

杰羅是擔心藍盾察覺到戒指被奪回之後，有可能跑來找茉希那。然而，在那之後，平穩的日子持續著，就彷彿什麼事情也沒發生過。

即便如此，杰羅今天還是照樣來到學校迎接茉希那。茉希那和杰羅一同走在前往事務所的路上。

「杰羅，謝謝你總是這樣陪我。可是，每天都要接送不會很累嗎？」

茉希那一邊走路，一邊問道，杰羅搖搖頭說：

「畢竟我們事務所太閒了。這麼點小事沒什麼的。」

「那就好……」

茉希那環視四周一遍，確認附近沒有監視空拍機後，輕聲繼續說：

「……在那之後，藍盾的人來過我家幾遍。感覺上他們應該還在尋找戒指。」

「就讓他們找吧！那些傢伙也來過偵探事務所，夏洛克跟對方大打迷糊仗。他們不會對妳起疑心的。」

聽到杰羅這麼說，茉希那回以安心的笑容。

茉希那照著夏洛克的建議，老實告訴藍盾自己成了偵探的助手。預設好的理由是，「因為想要自己親手找回戒指，所以進到偵探事務所工作」。

上次出現的那位年輕搜查員露出同情的表情，甚至還幫茉希那加油打氣。不過，茉希那知道年輕搜查員八成是在演戲。年輕搜查員理應知道藍盾是偷走戒指的犯人，也知道戒指早已被奪回。

茉希那也一樣在演戲，儘管知道年輕搜查員知情，她還是繼續扮演寶貴戒指遭到偷竊的受害者角色。茉希那已經適應這般互相欺瞞的生活，但有件事情讓她感到在意。茉希那脫口說了出來：

「……話說回來，為什麼藍盾要到處回收無法複製的東西呢？」

根據藍盾所持有的資料內容，茉希那的戒指被標示為「回收對象　FX-033」。除了茉希那的戒指之外，藍盾想必也回收了很多其他物品。

茉希那暗自這麼推測時，杰羅開口回答：

「因為在這個充斥著贗品的世界裡，那些物品是數量稀少的『真品』。」

「真品？」

「5年前的那場暴風雨過後，這座城市到處都是仿製品。到了現在，恐怕誰也不知道哪些什麼是複製出來的東西、哪些是成為複製來源的東西了。」

杰羅環視四周說道。四周的街景過去曾經被徹底破壞，如今已修復成彷彿什麼也發生過似的樣貌。

「不過，如果在這之中有無法 Copy 的東西，那肯定就是真品。這類東西被稱為『最終真相[F2]』，也會被高價買賣。」

「買賣……？意思是說有人知道世上存在著這些東西？」

「只有世上極少部分的人知道。我們最初也不知道有這些東西。」

「可以告訴我你們怎麼知道的嗎？」

茉希那再次發問後，杰羅把聲音壓得更低，回答：

「……更深入的部分等回到事務所再說吧！就快到了。」

偵探事務所所在的大樓，在馬路的另一端出現。

茉希那點點頭後，與杰羅一同往大樓走去。

＊＊＊

「——我們是在一個偶然的機會下，得知最終真相的存在。」

茉希那與杰羅一抵達事務所，夏洛克立刻出來迎接。

夏洛克代替杰羅回答方才茉希那提出的問題。

「妳也看過了，我們擁有特殊能力可以把摸過的東西 Copy 出來。以前我們利用這個能力 Copy 各式各樣的東西，想要提升自己的技能，就是在那時候知道的。」

「意思是說，這技能只要透過練習，就可以越練越厲害？」

「沒錯。不過，除了複製之外，也可以用在其他用途。還可以把 Copy 出來的各種東西組合在一起，創造出全新的東西。就跟音樂的取樣動作差不多。」

夏洛克一邊說，一邊觸摸松鼠五郎和胸口的手帕。接著，夏洛克使用了 Copy 的技能，手上隨即出現五郎造型的玩偶。

「好、好厲害喔！原來還可以有這種 Copy 啊！」

「不過，必須先做過相當多的練習，才有可能做到這種程度就是了。我們就是在這樣進行鍛鍊的過程中，發現有些東西不知為何就是 Copy 不出來。」

「第一個發現的東西是什麼？」

「一張我本來就有的唱片。那是很久很久以前壓製出來的唱片，遠在統合世紀以前的經典名盤。我本來打算 Copy 那張唱盤來賣，但不管我也好，杰羅也好，其他同伴也好，沒有一個人能夠成功 Copy 出來。」

說著，夏洛克在事務所角落的唱片機旁，輕輕放下唱針。沒多久，輕快的音樂伴隨著微弱的雜音播放出來。

「茉希那，這就是當時的那張唱片。有沒有內心深處被觸動到的感覺？」

「嗯，雖然我不是很懂音樂，但我喜歡這首曲子。」

茉希那感受到創作出這首古老樂曲的音樂家精神，至今仍存在樂曲裡。利用包括取樣在內的各種技巧，所創作出來的脫俗音樂在空間裡流動，撼動著茉希那的心。

杰羅似乎也很喜歡這首曲子，閉著眼睛聽得入神。夏洛克凝視著唱片說：

「……聽到這個『真品的聲音』時，我們察覺到一個事實。我們察覺到即使在科學發達到了極限的現代，還是無法複製真正寶貴的物品。大家能夠公平互享的東西，就只有可以輕易到手、沒什麼重要性可言的東西而已。」

「唔……！」

夏洛克的話語讓茉希那感動不已。

的確，茉希那的戒指也是一個例子。即便 Copy 出形狀一模一樣的戒指，一只假戒指也不會具有價值。

人們從前世紀一直聆聽到現在的唱片，想必也跟戒指一樣。即便能夠複製音樂，也無法 Copy 一路下來的唱片歷史。茉希那這麼心想時，夏洛克繼續說：

「後來，我們開始調查是否還有其他無法 Copy 的物品。沒多久，我們發現這類物品被部分有錢人獨占的事實。同時還發現藍盾也參了一腳，幫忙這些有錢人收集。」

「咦？那藍盾豈不變成了有錢人的手下？」

「維護治安也要花錢，對吧？他們算是順應贊助者的意願囉。」

夏洛克哼了一聲，茉希那皺起眉頭說：

「……好過分喔。裝出一副正義使者的樣子，背地裡卻做著見不得人的勾當。」

「妳這說法聽起來好刺耳啊！我們也是表面上從事偵探工作，背地裡的身分卻是小偷。」

「你們才不一樣呢！你們還幫我把戒指搶回來。」

說罷，茉希那忽然回想起一件事。她想起順利奪回戒指時，夏洛克曾說過的話。

「……對了，你之前不是說過你們和藍盾交手過好幾次？目的是為了得到最終真相嗎？」

「要這麼說也是對的。我們就是專門在偷最終真相。」

「你們之所以會當怪盜，是為了賺錢嗎？」

「把最終真相偷來，也賺不到錢啊。畢竟東西一賣掉，就會暴露行蹤。我們的目的不是為了錢，而是在考驗自己的能耐。」

杰羅也點頭表示認同夏洛克的發言。杰羅看著茉希那一臉訝異的表情，接下話題說：

「雖然我們的城市充斥著贗品，但我們的技能是如假包換的真品，任誰也無法模仿。不論是藍盾，還是掌控城市的有錢人，想必都沒有我們這樣的技能。」

「的確……」

「既然如此，何不利用我們的技能來挑戰那些傢伙呢？我們能不能巧妙躲過藍盾的目光，奪走有錢人藏起來的寶物呢？微不足道的個人能不能成功對抗名為『社會』的龐然大物呢？我們的目的正是為了考驗自己是否有這般能耐。偷東西不過是一種手段罷了。」

杰羅的目光散發出堅強的意志。夏洛克的眼裡也發出相同的光芒。

聽越多夏洛克兩人說的話，茉希那越是被他們的存在吸引。MAD JESTERS 不單單只是怪盜團。MAD JESTERS 是一群勇於向充斥謊言的世界反抗、孤傲清高的叛逆者。

「……我會支持你們的。雖然我可能沒有幫得上忙的時候。」

聽到茉希那這麼說，夏洛克兩人笑著做出回應。

「不會的，已經很足夠了。妳的支持勝過一千人的力量。」

「是啊。而且，自從妳來了之後，亂成一團也沒人管的事務所也變得整整齊齊的。」

茉希那也露出笑容回應兩人的話語。

夏洛克他們能夠反抗到什麼程度呢？他們的技能是否能夠讓世上的人們看見問題呢？

茉希那不知道別人會怎麼想，但至少她相信夏洛克他們做得到。可以的話，茉希那希望自己能夠待在他們的身邊，默默守護他們的奮戰。

2

不久後，天色暗了下來，茉希那也回家去了。

其他成員紛紛聚集到夏洛克和杰羅的事務所。

在場的人數共七名，也就是除了茉希那之外的 MAD JESTERS 所有成員。夏洛克對著前來集合的同伴說：

「各位，開工時間到了。」

夏洛克等人準備在今晚執行老早就開始規劃的竊盜計畫。

雖然茉希那已成為團隊的一員，但讓她參與竊盜行動還太早了。夏洛克做出了這般判斷，所以這次決定等茉希那回家之後，才著手行動。

身為成員之一的恰達聳了聳肩說：

「茉希那不會覺得很嘔嗎？只有她一人被排擠在外。」

「別這麼說啊，這麼做也是為了她的人身安全著想。萬一發生什麼意外狀況，導致藍盾把注意力轉移到她的身上，那就不妙了。」

「哈哈！夏洛克，你這是過度保護吧……好啦，今天要偷什麼啊？」

「一個我們從以前就覬覦很久的東西，也就是放在中央美術館展示的『黑鑽石』。今晚就先拿它當目標。」

夏洛克的話語使得其他成員掀起緊張情緒。

說到中央美術館的黑鑽石，那可是人稱世上最昂貴的寶石。其重量達326克拉，淨度為最高等級的「完美無瑕」等級。以經過切工處理的鑽石來說，這顆黑鑽石算是既有鑽石當中的最大一顆。

當然了，這顆黑鑽石也是世上獨一無二的最終真相。不過，杰羅聽了後，露出訝異的表情說：

「等一下，夏洛克，我們之前不是已經有了結論，說不可能偷得了那鑽石啊？藍盾隨時都會在美術館四周監視，鑽石還被收在超硬化玻璃做成的盒子裡。我們再怎麼厲害，也出不了手，不是嗎？」

「的確如此。所以，我準備了這東西。」

夏洛克從事務所的桌子底下，拿出一只大包包。大包包被打開後，裡頭隨之出現一個如手槍般造型的奇妙機器。

「這是攜帶式的遠距 Copy 設備。這手槍部位是個掃描器，經過光學掃描的東西，會在包包裡進行複製的動作。」

為了進行測試，夏洛克舉起手槍瞄準方才複製給茉希那看的松鼠玩偶。夏洛克按下板機後，手槍發出紅色光線，掃描起玩偶的形狀和材料。

光線開始在包包裡結成影像，逐漸化為形體。十幾秒鐘後，包包裡出現一個與手槍掃描過的玩偶如出一轍的玩偶。

不過，這個複製動作與夏洛克等人的特殊能力無關。這是一般的 Copy 技術，不論是包包或掃描器，都是根據現有技術而製造。成員們當然都知道這樣的事實，每個人的表情顯得更加納悶了。

肌肉狂斯馬修一副搞不太懂狀況的模樣說：

「我說夏洛克啊，你是不是腦袋退化了？拿這機器去複製鑽石，也不能算是實際偷到那顆鑽石啊？基本上，只要是最終真相，根本也沒辦法 Copy。」

「別急，先聽一下我的說明。這次的計畫分成兩個階段。也就是說——」

夏洛克招招手讓所有人聚集過來後，在大家耳邊說明了整體計畫內容。

成員們聽了整體計畫內容後，都感到佩服地點點頭。杰羅也一副明白狀況的表情低喃說：

「……原來如此，意思就是目的在於『試圖複製鑽石』這個動作本身。」

「沒錯。不過，哪怕只是做這個動作而已，照樣是犯罪行為。在美術館監視的藍盾，想必也會馬上有反應。」

在這座城市，不論什麼物品，只要在未經過持有者同意之下即擅自進行 Copy，就是一種犯罪行為。放在美術館展示的物品就更不用說了，那些物品都安裝了預防 Copy 的感測器，只要有掃描動作，就會立刻警鈴大作。

原因是如果不這麼做，市面上很快就會出現無數藝術品的贋品，而造成社會上的混亂現象。不過，這條法令本身想必是一種手段，試圖藉由禁止市民自由進行 Copy，來隱蔽最終真相的存在。

不過，現在的重點不在於此。夏洛克繼續說明：

「我來說明一下這次計畫的流程。首先，透過遠距 Copy 黑鑽石的動作，來刻意觸動警報器。藉由這樣把藍盾吸引過去後，再由另一組人員去偷真正的目標物。」

成員們紛紛用力點頭回應夏洛克的話語。然而，當中有一名成員戰戰兢兢地舉起手。

「請、請等一下，夏洛克哥，把藍盾吸引過去這部分沒問題，但這樣負責執行動作的人不會被抓到嗎？」

發言者是團隊裡最年輕的成員「帕特(PARTE)」。

帕特的聰明程度僅次於夏洛克，但美中不足的地方就是愛操心。不過，對於帕特的顧慮，夏洛克毫不遲疑地回答：

「放心，帕特，一定會有機會逃跑。」

「有機會逃跑？」

「『暴風雨』啊！今晚的氣候會不太穩定。所以，我才會選在今天行動。」

夏洛克語氣篤定地說道。

雖然不清楚細節，但夏洛克的預測從來沒有失準過。包含帕特在內，其他成員也都安了心，開始著手偷竊行動的準備。

3

在那之後，時間經過約莫2小時。

MAD JESTERS七人照著夏洛克的計畫，抵達各自負責的場地。

美術館旁，一棟摩天大樓高高聳立。夏洛克在摩天大樓的屋頂上俯視街道，並透過耳麥聯絡成員。

「大家都準備好了嗎？」

『我ＯＫ了！』『準備好了！』『隨時準備好迎戰啦！』大家紛紛做出回應。夏洛克一副可靠的模樣展露微笑。

「收到——那就動手吧！」

說罷，夏洛克從摩天大樓一躍而下。

夏洛克一邊下降，一邊開始施展技能。在那同時，夏洛克的背部發出光芒，背後隨即出現一架風箏。

夏洛克利用風箏在街道的上空滑行，朝向在這座充滿虛假光芒的城市裡沉睡著的真正寶物前進。

＊＊＊

同一時間，美術館已經結束營業，館內沒有半個客人。

負責警衛工作的藍盾腳步聲，在一片靜寂的館內響起。此刻，有道視線靜悄悄地在一樓展示室的屋頂上方，隔著玻璃窗凝視藍盾的動靜。

視線的主人是MAD JESTERS的成員「雅人（MASATO）」，專門負責潛入工作。雅人擁有一雙特殊的眼睛，可看見紅外線等肉眼看不到的存在。他總是運用特殊的視力，巧妙避開防盜感測器的掃描，達成艱難的入侵任務。

雅人的身邊還有一位同伴──恰達。雅人一邊引導恰達，一邊安靜無聲地在屋頂上前進。沒多久，雅人停下了腳步。

「……恰達，有了！看到鑽石了。從這裡瞄得準嗎？」

雅人在視線前方看見收在玻璃盒裡的黑鑽石。玻璃盒的四周布滿雷射感測器，不允

許任何人靠近。「包在我身上！」恰達這麼回答後，架起夏洛克測試過的那把掃描槍。

雖然恰達平時很愛說話，但工作時比任何人都來得沉著冷靜。他的槍法也十分了得，一旦瞄準目標就不會失手。恰達讓槍口瞄準鑽石，開始執行掃描動作。

在那同時，警鈴大作，但恰達不為所動。沒多久，掃描器分析出鑽石的形狀和成分，並透過搭載於槍身上的小型顯示器呈現出來。

然而，看見顯示器上的文字後，恰達一臉訝異的表情。

「……怪了？明明是最終真相，竟然跳出可複製的訊息耶！」

「你說什麼？這顆黑鑽石該不會是假的吧？」

「受不了，這城市什麼東西都是假的，想到就煩。算了，管它是真是假，我們該做的事都一樣。」

說罷，恰達按下開始複製的按鈕。方才掃描出來的資料，一一被傳送至接收端的包包。

恰達和雅人互相點頭確認後，在藍盾趕來之前，迅速離開現場。

＊＊＊

斯馬修拿著包包，站在美術館前方。

雖然斯馬修平常總習慣赤裸著上半身，但畢竟場合不同，所以今天老實地穿上了西裝。一眼看上去，就像一個精明能幹的商業人士。

就在不遠處的美術館內傳來警鈴聲。斯馬修心想應該是恰達他們成功執行了掃描動作。沒多久，斯馬修手上的包包忽然變重了。由此可知，Copy 完成的鑽石已經在包包裡。

（……嗯，成功 Copy 出來了啊？搞什麼，原來那顆鑽石不是最終真相啊！）

斯馬修這麼心想，但沒有因此而內心動搖。畢竟從事這樣的工作，斯馬修早有過多次類似的經驗。

不久後，斯馬修感覺到背後有動靜，於是緩緩回過頭看。斯馬修一看，發現一大群藍盾朝向這方逼近。

「一群走狗來了啊。」

斯馬修這麼低喃一句，跟著打開了包包。藍盾一看到包包裡的複製鑽石，一齊朝向斯馬修展開攻擊。

「看我的！」

斯馬修高聲一喝，跟著朝向藍盾其中一人使出橫踢。臉部慘遭橫踢的藍盾飛了出去，安全帽隨之冒出白煙。

斯馬修乘勝追擊地使出揮拳加上飛踢的連續攻擊，一個接著一個擊倒藍盾。就在斯馬修擊倒第四人時，背後伸來一隻手試圖壓制斯馬修。

不過，就在這時，兩道身影從上空飛來，狠狠踢倒藍盾。

原來是恰達和雅人從美術館的屋頂飛下來，與斯馬修會合。

「斯馬修，真是千鈞一髮啊！」雅人說道。「多虧相救！」斯馬修答道。四周依舊被一大群藍盾包圍。

看見斯馬修三人擺出備戰姿勢，藍盾拉開了距離。敵方似乎放棄徒手抓人，紛紛架起手槍。

然而，儘管被人拿槍口對著，斯馬修三人依舊不為所動。「差不多到了吧？」恰達這麼低喃後，遠處隨即傳來汽車行駛聲。

「唔！」

藍盾猛地轉過身子。仔細一看後，發現一輛敞篷車從馬路的另一端朝向這方駛來。

杰羅出現在駕駛座上。他駕車做出甩尾動作，撞飛藍盾。跟著，杰羅精準地操縱方向盤，讓車子完美地停在斯馬修三人的面前。

「上車！」

斯馬修三人點頭回應杰羅的話語後，一個個跳上敞篷車。

杰羅立刻將油門踩到底，隨著輪胎的摩擦聲響起，敞篷車揚長而去。

＊＊＊

敞篷車載著杰羅等人，朝向宛如動脈般在超東京內繞行的高架道路前進。

恰達擺脫緊張的情緒，深深呼出一口氣。

「呼～順利逃脫啦。我們的任務算是結束了吧？」

「不，還沒。」

杰羅的視線移向後照鏡。透過後照鏡，杰羅看見好幾輛藍盾的裝甲戰鬥車 AFV-808 在後頭追了上來。裝甲戰鬥車有著如戰車般厚重的裝甲，速度卻是相當快。

「……對方的速度比較快。我們會被追上。」

「我們會被追上——」

雅人放大嗓門說話時，跑在前頭的一輛裝甲戰鬥車，從側邊以車身輕輕擦撞杰羅等人的敞篷車。

「可惡！」

撞擊力道使得車身搖晃，杰羅咬緊了牙根。不過，杰羅沒有因此錯誤操作方向盤，他迅速坐正身子，以車身撞擊展開反擊。

戰鬥車彈飛出去，撞上高速道路的壁面。即便如此，敵方依舊不氣餒，其他戰鬥車緊追不捨地跟了上來。

第二輛戰鬥車的車頂上，搭載著雷射加農砲。雷射加農砲噴出大火，對杰羅等人的車子展開攻擊。杰羅機靈地轉動方向盤，避開了雷射攻擊。

「雷射加農砲？有沒有這麼誇張？連雷射加農砲都請了出來！」

恰達一邊大喊，一邊施展 Copy 技能。他的雙手開始發光，隨後立即出現兩把機關槍。恰達拿起機關槍一陣胡亂掃射，但藍盾的戰鬥車有著堅硬的裝甲，想要阻止他們沒那麼容易。

「嘖！」

恰達瞬間變換武器，手上出現了手榴彈。他接二連三地 Copy 手榴彈四處丟撒，引發一連串的巨響和烈焰。

即便如此，戰鬥車還是沒有停下來。儘管披著一身烈火，戰鬥車依舊固執地持續追逐。

「……不妙，現在不但把敵人引得更近，自己也差點沒命。」

雅人表情苦澀地低喃道。這時，坐在後座的斯馬修站起身子說：

「交給我來處理！」

大家還來不及阻止，斯馬修話一說完，便朝向戰鬥車猛力一跳。

斯馬修的右手發出光芒，拳頭裹著一層金屬。斯馬修能夠讓鍛鍊出來的強壯肉體與 Copy 技能相互結合，進而使四肢化為武器。

「準備接招吧！看我的！」

隨著巨響響起，斯馬修的拳頭一拳貫穿戰鬥車的裝甲。戰鬥車的電力系統冒出火花，火花飛濺到雷射加農砲的生成器上，最後引發爆炸。

斯馬修在極近距離之下承受爆炸掀起的爆風，整個人彈飛到半空中。其他戰鬥車來勢洶洶地逼近斯馬修，不過——

一台摩托車以更快的速度，在戰鬥車的縫隙中穿梭駛來。

駕駛摩托車的這名人物是 MAD JESTERS 的最後一名成員。他是沉默寡言的工作者「羅索（ROSSO）」。

「快抓住我！」

羅索一邊搭腔說道，一邊朝向斯馬修伸出手。羅索成功接回了斯馬修，並且讓斯馬修坐上摩托車後座。

「真是太魯莽行事了。」

羅索低喃道，斯馬修笑著回答：「我就知道你一定會來救我。」羅索也微微揚起嘴角做出回應後，來到杰羅的敞篷車旁並行前進。

「我看你們好像陷入苦戰了啊？」

「是啊，敵人數量太多。」

交談之間，戰鬥車當然沒有停止追逐。恰達一邊閃避敵方的雷射攻擊，一邊接二連三地射擊輪胎。即便如此，新的敵人還是如泉水般不斷湧現，遲遲不見敵人的數量減少。

「煩死了！他們到底投入多少戰力在我們身上啊？」

恰達忍不住抱怨道，雅人回答：

「他們應該是想趁這個機會，說什麼也要把我們逮捕歸案吧。畢竟這關係到治安維護局的威信。」

雅人一邊說話，一邊站起身子。杰羅露出訝異的表情說：

「雅人，你想幹嘛？」

「斯馬修都做出那麼MAN的表現了，我偶爾也要來一點危險動作才行。」

說罷，雅人就像方才的斯馬修一樣，朝向戰鬥車猛力一跳。

雅人動作輕盈地跳上戰鬥車的車頂後，讓雷射加農砲的砲口180度轉了個方向。偏離原有軌道的雷射，擊中後方的戰鬥車。

然而，一名藍盾從跟在旁邊的戰鬥車裡探出身子，手持突擊步槍展開攻擊。雅人即時施展技能，讓自己四周覆蓋上防彈裝甲。

「……糟了，這下子可能會動彈不得。好吧，不習慣做的事情還是別做的好。」

然而，雅人的防彈裝甲只應付硝煙彈雨應付了沒幾秒鐘。因為羅索讓摩托車轉向，把探出身子的藍盾給撞飛了。

「就叫你們不要老是這麼魯莽行事！我這個負責救援的人很累耶！」

羅索一副受不了的表情說道，雅人露出苦笑回到杰羅的車上。看著戰鬥車的車陣，斯馬修坐在摩托車後座咋舌說：

「話說回來，真的是沒完沒了耶。我們要逃到什麼時候啊？」

「擔心什麼，就快結束了。我是說如果夏洛克的預測正確的話——」

說罷，羅索定睛凝視前方。這時，高架道路前方出現異樣光景。

「……來了！『暴風雨』來了！」

羅索等人前進的方向烏雲翻騰、暴風狂吹。

雖然規模不如5年前的那場天災，但眼前的光景像極了那場暴風雨。

＊＊＊

一輛裝甲車在狂亂吹襲的暴風雨之中，緩緩前進著。

團隊裡年紀最輕的帕特，在裝甲車裡等待著同伴們追上來。

「各位，請直接往暴風雨這邊衝進來！我會保護大家的！」

「收到！」帕特大喊後，隔著耳麥聽到了回應聲。沒多久，杰羅的敞篷車和羅索的摩托車飛快衝進暴風雨之中。

敞篷車和摩托車追過裝甲車後，停了下來。帕特也照著原先討論好的戰略停下裝甲車，直直盯著從後頭追上來的戰鬥車看。

「ＯＫ！那我開始了喔！」

帕特這麼大喊後，施展起技能——

在那一刻，震波以裝甲車為中心發射出去。

帕特的年紀雖輕，但擁有極高的技能素養。他甚至能夠 Copy「震波」這種無形的存在，並且任意釋放震波。

裝甲車搭載了技能增幅裝置，帕特使出的震波透過裝置獲得強化。夾帶威力的震波攻擊下，緊追不捨的戰鬥車群全數彈飛出去。

『帥啦！帕特，幹得好！』

斯馬修的聲音隔著耳麥傳來。帕特就這麼繼續釋放震波，並調整為能夠與暴風雨威力互相抵銷的輸出強度後，走下裝甲車。

帕特看見了完成艱難任務的同伴們。大家臉上都掛起笑容，互相稱讚彼此的英勇表現。

杰羅也走下車子，他拍了拍帕特的肩膀說：

「帕特，你做得很好。現在我們的任務已經結束了。」

「沒有啦，哈哈……對了，夏洛克哥那邊不知道狀況怎麼樣？」

「唔！他那邊才是真正的任務。」

杰羅一副這才想到的模樣，抓著耳麥說：

「夏洛克，這邊結束了。你那邊狀況如何？」

這時，耳麥的另一端傳來夏洛克的回應聲：『好得很！』

4

此刻，夏洛克正在城市地下深處的一扇大鐵門前方。

超東京的鬧區「六本木」正中心有一座高塔。最終真相的保管庫，就藏在這座高塔底下。

那些不會在美術館等場地公開展示的真正寶物，在保管庫裡沉睡著。這時，保管庫不見藍盾的身影，呈現毫無警備的狀態。

今天的一切行動都是為了營造眼前的這般狀況。除了夏洛克之外，其他六名成員都化為誘餌，大陣仗地勾起藍盾的注意，使藍盾的目光遠離保管庫。

「感謝各位辛苦完成了任務。接下來輪到我上陣了。」

夏洛克啟動事先準備好的解鎖鑰匙。

如果是在平常，即使準備了這把鑰匙也開不了保管庫的門。不過，在保全系統受到暴風雨的影響而當機的這個瞬間，就能順利解鎖。如夏洛克所預測，順利解除了電子鎖，鐵門隨之緩緩打開。

（就藏在這裡啊……！）

門後出現一間直徑約10公尺的圓形小房間。最深處的牆壁架子上，保管著寶石、畫像等各種最終真相。

室內布滿數不清的雷射感測器，讓人無法一路通暢地走到最深處。只要碰觸到雷射，就會立刻警鈴大作，藍盾也會趕回來。不過，夏洛克毫不遲疑地往小房間最深處衝了出去。

夏洛克宛如雜技演員般巧妙翻轉身子，在感測器的縫隙間穿梭前進。就這麼抵達架子前方後，夏洛克伸手抓住其中一樣保管品。

那是一本封面已經斑駁破損的「古書」。

就夏洛克所知，這本古書是全世界最重要的寶物之一。

「到手！」

夏洛克朝向架子丟出一張 MAD JESTERS 的卡片，以取代古書。卡片落在架子上的那一刻，搖身變成假古書。

夏洛克利用卡片作為材料，Copy 了古書。當然了，既然這本古書是「最終真相」，即無法做到百分之百的複製，想必過不了多久就會變回原本的卡片。

不過，只要在夏洛克逃跑的短暫片刻，瞞得過感測器就夠了。

夏洛克轉過身子，再次如一陣疾風般衝出房間。

＊＊＊

從藝術品儲藏庫逃脫後，夏洛克穿過如迷宮般的地下道，從人孔鑽出地面。

夏洛克一鑽出地面，便看見杰羅等人的車子正好朝向這方駛來。這也是計畫中早已做好的安排。

杰羅一邊開車，一邊放大嗓門說：「快上車！」夏洛克輕輕一跳，跳上了行駛中的敞篷車。

「成功會合！一切都照計畫達成了！」

恰達心情愉悅地拍手說道。夏洛克展露微笑說：「多虧了大家的努力。」

大家在交談之間，雅人忙著施展 Copy 技術，改變了車子的外觀。這麼做是為了瞞過藍盾的追兵。

敞篷車搖身一變成了轎車，杰羅握住方向盤說：

「對了，夏洛克，那本古書到底是什麼東西啊？」

當初夏洛克向杰羅等人說明了計畫內容，但對於真正目標的古書，並沒有做過詳細說明。雅人也感到在意地開口詢問：

「我們費了這麼大的心力才到手的東西，肯定是比黑鑽石還要珍貴的寶物，對吧？」

夏洛克面帶充滿自信的笑容回答：

「那當然。這本書裡頭可是寫著真實的世界歷史……。」

聽到夏洛克的發言後，杰羅等人露出訝異的表情。

經過一段日子後，杰羅等人將得知古書的真正價值。

Chapter 3
守護篇

ROWDY SHOGUN

BATTLE OF TOKYO

台灣角川 NOT FOR SALE

Might is right　贏家刻劃的一頁

開啟眼前的未來

伸出手抓住真實 -Real-

CALL OF JUSTICE

THE RAMPAGE from EXILE TRIBE

Words: ZERO (YVES&ADAMS) / Music: Avalanche, Andy Love

1

「超東京」，一座因為有了可複製所有物體的技術，而充斥著物品的城市。

然而，儘管擁有取之不盡的物品，人們的慾望依舊像個無底洞。

成功致富的人總渴望得到更多的財富，身無分文的人則會試圖奪取財富。這是人間的常理，不論哪個時代都一樣。

人類的這般慾望堆疊之下，形成了一塊區域。也就是超東京的最大鬧區「六本木」。

六本木有著各式各樣的建築物以及商店，其街道以外觀如高塔般的巨大構造物為中心，雜亂無序地往外延伸。充滿慾望與刺激的六本木是一座不夜城。霓虹燈在街頭閃爍，並且隨著夜色加深，變得更加熱鬧繽紛。

然而，這座不夜城只有上半部顯得金碧輝煌。光芒越是強烈，黑暗也就越顯深邃。

在稍微偏離主要幹道的小巷子裡，四周呈現一片昏暗。一名看起來個性倔強的少女，被兩名男子圍住了。

「住、住手！快放開我！」

少女大聲喊叫，她是茉希那的朋友「莉子」。聽見莉子的叫聲後，其中一名男子在臉上浮現邪惡的笑容說：

「又不會少一塊肉，陪我們玩一下嘛！附近有一家店很好玩呢！」

兩名男子的年紀都在二十歲上下，身材高大，手臂上還刺了青。男子們的凶猛樣貌讓莉子心生畏懼。

莉子獨自來到六本木的電子遊樂場玩耍。然而，她玩遊戲玩得太入迷，不小心忘了時間。莉子發現時間太晚而急忙踏上歸途，為了抄捷徑而經過小巷子裡時，兩名男子上前搭訕。

「快、快讓我回去……不然會趕不上門禁的……！」

莉子努力做出最大的抵抗說道。兩名男子聽了後，似乎更加被挑起了欺負人的心態，紛紛開口說：

「沒問題的，那家店就在附近而已。妳會趕得上門禁的。」

「只是，我們不知道妳的門禁是幾點就是了。不過，比起讀書，應該有可以更愉快度過時光的方法，對吧？」

「可以吧？沒人反對？那就表示ＯＫ囉！走吧！」

其中一名男子抓住莉子的手臂，往小巷子最深處走了出去。

莉子不知道自己會被帶往何處。黑暗在前方無限延伸，莉子的恐懼油然而生。

莉子不太了解學校和電玩以外的世界，即便如此，她還是能夠隱約預測到自己將面臨什麼樣的命運。「救命！」莉子在心中如此大喊，但就是擠不出聲音來。

然而，莉子的求救聲明明傳達不到任何人耳中，卻有人像是聽見了似地採取了行動——

一道聲音從一片黑暗的前方傳了過來。

「該適可而止了吧？」

莉子瞪大著眼睛，兩名男子則是停下腳步。莉子定睛細看後，看見一名陌生青年站在黑暗之中。

青年身穿黑色工作褲、黑色襯衫，再搭配上黑色軍靴。青年在一身黑的服裝外面套上一件紅色短夾克，顯得特別醒目。

青年的個子不算高，容貌看起來也一副暖男的模樣，惟獨目光有如老鷹一般犀利。

青年的犀利目光直直盯著兩名男子，聲音低沉地繼續說：

「這樣子把妹會不會太強勢了？既然人家女孩子說要回去，就讓她回去吧！」

「啥……？」

兩名男子的表情因為憤怒而顯得僵硬，那模樣彷彿在說：「難得的興致被潑了冷水。」

下一秒鐘，其中一名男子走近青年，朝向青年的臉上狠狠揍了一拳。

「閉嘴！還不快滾！」

男子用著不屑的口吻說道。

擺平自以為是英雄的帥哥，同時讓掉入陷阱的少女嚇得不敢反抗。這麼一來，就可以順利進行接下來的動作。照一向的慣例，事態都會這樣發展的……

然而，眼前的青年不同於平常的對手。

男子揮拳毆打後，青年穩如泰山，並且立刻揮拳反擊。

「呃！」

男子因為腹部挨了重重一拳，身體弓成像蝦子一樣。嘔吐物從男子的嘴裡湧了出來，汙染了地面。

「髒死了！你那張臉和骨氣已經夠髒了，拜託別再汙染其他東西行不行？」

青年一邊避開嘔吐物，一邊說道。另一名男子聽了後，激動了起來。

「你在說什麼蠢話！」

男子從懷裡掏出刀子，朝向青年刺去。然而，青年動作熟練地一把抓住刀子的刀刃。

「怎麼啦？刺刺看啊！」

「這——」

情急之下，男子加重了手的力道。

對手直接抓著刀子的刀身，現在只要抽回刀子，理應可以砍斷對手的手指。

男子心裡如此盤算著，但沒想到不論怎麼使力，刀子就是一動也不動。對手用著如老虎鉗般的握力緊緊抓住刀子，男子連想要移動刀子一毫米都無法如願。

「可惡！」

男子不得已只好放棄刀子，掏出藏在身上的手槍。

被人羞辱到這般地步，哪可能乖乖退步！就算釀成事件也不管了！

男子這麼心想，於是朝向青年的腹部射出子彈。然而——

「唔……！」

男子的表情因為錯愕而變得扭曲。

青年挨了一槍，卻還是泰然自若地站著。

青年的紅色短夾克破了一個洞，微微冒著白煙。男子方才的射擊不是射偏了，而是明明射中了目標卻毫無作用。

「你到底是——」

男子話說到一半，就被打斷了。青年的右直拳命中男子，一拳就把男子擊倒在地。

「……嘖！害我的衣服破了一個洞！」

青年低頭俯視倒在地上的男子低喃道。儘管內心充滿疑惑，莉子還是朝向青年深深行了一個禮。

「呃……謝謝你救了我……」

青年沒有回應莉子的答謝話語，而是牽起莉子的手，朝向小巷子的出口走了出去。

莉子就這麼讓青年牽著手，一起走出小巷子。青年的舉動雖然強勢，但與方才被那些流氓拉著手走路時的感覺截然不同，莉子內心有種不可思議的安心感。

青年就這麼一路護送莉子到「六本木」的出口。莉子看見附近有藍盾的分部，心想可以不用擔心會再被流氓纏上了。

青年總算鬆開了手，然後對著莉子說：

「如果知道怕，以後就不要再來這個地區。這裡不是妳這種女生適合來的地方。」

青年丟下這般道別話語後，便轉過身子，不知打算往哪兒走去。

「那個……請告訴我你的名字！」

莉子朝向青年的背影搭腔道，青年頭也不回地回答：

「我是『ROWDY SHOGUN』的魯普斯(LUPUS)。要是剛才那群人敢去找妳報仇，再來跟我說！」

青年的話語讓莉子不禁倒抽一口氣。

莉子想起以前曾經看過的網路新聞內容。在這座金錢與慾望滿溢的城市裡，有一群以力量制伏暴力的黑暗英雄。

這群黑暗英雄是最強的保鑣組織，專門「保護」任何人物或物品。青年說出的名稱，正是這個保鑣組織的名稱。

然而，莉子還來不及多問，青年早已消失了蹤影。

被留在原地的莉子，悄悄地把「魯普斯」的名字烙印在胸口上。

2

與莉子分開後，魯普斯獨自走在霓虹燈閃爍的街上。

魯普斯接到工作通知而準備前往團隊的基地，沒想到半路上意外被占用了時間。那也就算了，還落得身上的寶貴行頭被子彈射出一個破洞的下場。

（等一下同伴看到這破洞，肯定會嘲笑一番……話說回來，總不能視而不見吧。）

魯普斯這麼心想時，突然傳來搭腔聲：

「喂！魯普斯！你走得很帥氣嘛！」

魯普斯嚇一跳地回頭一看，發現背後站著一名金髮男子。

金髮男子穿著與魯普斯相同的服裝，一身黑搭配紅色短夾克。他是城市裡最強悍的街頭鬥士，也是魯普斯的團隊同伴「貝里（BAILEY）」。

「貝里，你幹嘛啦！你看到了啊？」

魯普斯露出苦澀的表情，貝里笑著說：

「恰巧看到而已。你救了剛剛那個女生，對吧？我看她不小心愛上你了吧？」

「別鬧了。就算是，我們也是住在不同世界的人。」

魯普斯一如往常以平淡的口吻答道。

雖然魯普斯一向冷漠，但不知為何在執行保鑣工作當中，經常被指派保護女性的任務。或許是因為在各個血氣方剛的 ROWDY SHOGUN 成員當中，魯普斯算是個性比較冷酷的類型，才會被點名吧。

然而，就如貝里方才的舉動一樣，一路來魯普斯被點名負責保護女性時，很多時候都會慘遭同伴的取笑。魯普斯感到厭煩地說：

「……什麼愛不愛的，太麻煩了。我不想把那種雜念帶到工作上。」

「你就是因為有這種懂得自律的個性，才會被指派負責保護女生。我們家隊長果然很懂得怎麼善用成員。」

「這點我也認同……不說這些了，趕快走吧！免得趕不上集合時間。」

魯普斯及早結束棘手的話題後，加快了腳步。貝里一副識破魯普斯心態的模樣，臉上掛著不懷好意的笑容跟上來。

走了一會兒後，一棟半倒塌的大樓從霓虹街道的縫隙間現出身影。那棟大樓正是保鏢組織 ROWDY SHOGUN 的基地。

5年前發生那場暴風雨後，這棟大樓不知為何並未進行複製重建，一直處於殘破不堪的狀態，無人理睬。受災孤兒和不良少年們陸續聚集到大樓來，占據大樓為自己的巢穴，最後組成了現在的團隊。

一走進荒廢大樓，隨即來到水泥牆裸露在外的大房間。

放在地板上的喇叭傳出狂熱的吉他音樂。一旁的大鐵桶裡柴火熊熊燃燒，柴火的光線照亮下，浮現出十幾名成員的身影。

當中有染了一頭紫髮的時髦男、留著黑人辮子頭的年輕人、腰際插著日本刀的和服男——這些人的服裝統一採用了黑與紅的配色。黑與紅的配色即是團隊成員的證明。

當中一名在大樓最深處、擁有古銅色肌膚的男子，放大嗓門說：

「你們兩個會不會混太晚了！集合時間都快到了！」

發言者是團隊的老大「哈迪斯(HADES)」。

在總計十六名的成員當中，名為哈迪斯的壯漢擁有最龐大的身軀以及最強大的力量。不過，哈迪斯也擁有高智慧且深受愛戴，帶領著成員淨是一些難搞傢伙的團隊。

面對哈迪斯的斥責，魯普斯和貝里坦率地低頭致歉。

「抱歉，隊長！半路遇到一點小事被耽擱了時間。」

「為了解救被小混混纏上的女生。不過，不是我喔，是魯普斯。」

魯普斯和貝里兩人這麼回答後，哈迪斯輕輕哼了一聲。哈迪斯一副拿你們沒輒的模樣說：

「算了，所有人都到齊了。開始說明工作內容。」

聽到哈迪斯的發言後，魯普斯和其他成員的表情都變得嚴肅。

哈迪斯環視所有成員後，以響亮的聲音繼續說：

「今天晚上，平常十分關照我們的幫派宅邸將舉辦拍賣活動。而且，這不是一場普通的拍賣會。這場拍賣會的競標商品只會有無法複製的稀有品。」

聽到哈迪斯這麼說，成員之間微微引起一陣騷然。

魯普斯他們也知道即使 Copy 技術在現代如此進步，世上還是存在著無法複製的物品。因為從事保鑣的工作的關係，受託負責護送這類物品的機會不算少。

不過，要見到這類物品集中在一處，終究是相當罕見的狀況。哈迪斯說出如此罕見的狀況，可能招來什麼麻煩：

「當然了，這場拍賣會的資訊並未公開給一般人士知道。不過，可能會有某些傢伙聽到風聲而跑來搶奪最終真相。」

魯普斯聽了後，反問哈迪斯說：

「也就是說，這次的工作是要保護拍賣會的競標商品？」

「沒錯，但我們要保護的對象不只有競標商品。拍賣會的客人都是富裕族群，保護他們也是我們的職責。」

聽到哈迪斯的回答後，魯普斯總算明白了狀況。

看來今晚的拍賣會是一個貴重的「最終真相」以及有錢人們齊聚一堂的活動。狐群狗黨們有可能因為嗅到金錢的味道而襲擊會場。

活動還沒有開始，但魯普斯已經有股即將掀起風波的預感。不過，魯普斯沒有不安的情緒，反而是興奮到忍不住顫抖。

對魯普斯來說，價值高的保護對象、風險高的工作才更有趣。其他成員想必也抱著一樣的想法，每個人的臉上一致浮現無所畏懼的笑容。

尤其是愛跟人較勁的貝里，更是藏不住興奮情緒地放大嗓門說：

「好久沒有這麼大規模的工作了！整個人都亢奮起來了！對了！隊長，要怎麼分配工作？」

「首先，你跟魯普斯負責保護拍賣會參加者。他們是委託這次工作的顧客，據說樹立了不少敵人。記得謹慎帶路。」

魯普斯和貝里用力點頭回應。哈迪斯接著朝向其他成員繼續說：

「其他成員分成執勤組和支援組，負責會場的警衛工作。大家各自善盡自己的職責，好好保護所有保護對象！」

聽到哈迪斯這番話語後，所有成員雄壯地大喊一聲：「是！」

魯普斯走到荒廢大樓最深處的衣櫃旁，脫下破了一個洞的短夾克，換上高級襯衫和大衣。換著換著，魯普斯忽然想到一件事而開口詢問哈迪斯：

「對了，隊長，我們要保護的對象是個什麼樣的人？」

「她是一位跨足世界各大城市的飯店集團的女性經營者。你們不需要知道她的名字，周遭人士都稱呼她為『夫人』。」

魯普斯聽了後，微微扭曲著表情。

（又是女的……隊長到底有多喜歡叫我保護女生……）

抱怨歸抱怨，既然是工作，也只能全力以赴。

魯普斯這麼心想時，貝里笑著拍了拍他的肩膀。

3

完成準備動作後，魯普斯等人來到拍賣會會場的宅邸。

這棟豪宅位於六本木的中心地區，是一棟被高聳圍牆包圍、大門莊嚴隆重的日式建築物。成員們照著哈迪斯的指示，分散到各自負責的區域。

魯普斯和貝里在大門前等候顧客抵達。沒多久，隨著開場時間逼近，高級黑頭車一輛接著一輛駛進圓環來。

從車身的經年劣化狀況，可看出那些車子不是複製品，而是從舊世紀便一直有人乘坐到現在的真品。貝里斜眼看著那些車子，一副難以置信的模樣低喃：

「明明只要 Copy 就好，卻特地開真品車子來。那些車子的價格每一輛都是天價吧？」

「畢竟在 Copy 技術沒那麼進步的老時代，似乎就一直認定仿製品為廉價品。既然有真品和贗品之分，那些人當然會想選真品囉。」

「會這樣喔？真是搞不懂有錢人的腦袋在想什麼。」

魯普斯和貝里聊著聊著，一輛顯得特別昂貴的車子駛來。以希臘神殿為主題的車身彩繪好不威風。深黑色的外裝塗料裡參雜了純金成分，發出妖豔的光芒。

那是名為「勞斯萊斯幻影」、據說時價超過十幾億的真正高級車。照哈迪斯所說，那位女性顧客就坐在這輛車子裡。

魯普斯和貝里繃緊神經，在圓環旁迎接車子的到來。勞斯萊斯幻影停下車後，魯普斯打開後車門，隨即看見一名長髮女子出現在後座。

「哎呀……我聽說這次請了非常優秀的保鑣，沒想到是兩個挺可愛的小夥子啊。」

看見魯普斯兩人後，女子一副感到意外的模樣說道。

女子一身光澤亮麗的皮草大衣搭配絲質裙子，想必就是哈迪斯口中的「夫人」。

女子似乎有著足以與美麗衣裳匹配的美貌，但魯普斯兩人無從得知事實。原因是白色面具遮住了女子的上半張臉。

不過，這沒有什麼好驚訝的。據說這次的拍賣商品當中，包含了法律上規定不得進行買賣的物品，所以參加者都戴上了面具以掩飾身分。

面對甚至掌握不到長相的顧客，魯普斯在臉上掛起工作用的制式笑容回答：

「夫人，請您放心。您別看我們這樣，其實我們相當專業。」

魯普斯這麼告知後，朝向女子伸出右手，女子面帶微笑牽起魯普斯的手。我的任務不是只有動手打架，展現紳士態度也是工作內容之一。

魯普斯一邊這麼告訴自己，一邊準備引導夫人前往會場。這時，貝里突然大喊：

「魯普斯！左邊！」

「唔！」

魯普斯迅速看向左方後，看見一名手持刀子的男子，從停在圓環上的賓利車內衝了出來。

魯普斯下意識地一把摟住夫人，轉身閃避攻擊。手持刀子的男子衝上前發出攻擊，但貝里從側邊抓住男子的手臂，用力往外一甩。

咚！一聲笨重的聲音傳來，男子重重摔落地面。「這傢伙是什麼人？」貝里問道，魯普斯回答：「混在參加者裡面的刺客！」

又有幾名男子從賓利車內鑽出來，證明了魯普斯的說法正確。如哈迪斯所說，夫人似乎樹立不少敵人。

夫人本人也沒有顯得畏縮，一副泰然自若的模樣說：

「小夥子們，讓我見識一下你們的厲害吧！」

聽到夫人的話語後，魯普斯感覺得到自己的嘴角上揚。

（難道是故意在試探我們？無所謂，既然如此，就讓妳好好見識一下……見識一下ROWDY SHOGUN 的實力！）

一股不知名的神祕力量，在魯普斯的體內湧上來。魯普斯發出銳利的目光直直盯著剩下的敵人。

還有六名刺客，六人都架起刀子備戰。從他們的站姿，看得出來是經過訓練的殺手。

然而，這樣的對手出現在魯普斯等人面前，絲毫無法構成威脅。不過，對手的人數偏多，加上必須一邊保護夫人、一邊擊倒對手，這部分感覺比較累人就是了。魯普斯這麼心想時——

「兩位，我來助你們一臂之力吧！」

一道身影介入說道。

他是還保留著少年稚氣模樣的花美男「盧卡（LUCAS）」。盧卡是團隊裡最年輕的成員，但其格鬥技巧足以與魯普斯等人匹敵。貝里沒有讓視線從敵人身上挪開，直接開口詢問：

「喂！盧卡！你負責的區域呢？」

「我負責護航的顧客已經進到會場去了。」

「那就安心了。一個人負責兩個對手！兩三下就把他們解決掉！」

貝里這句話就像扣下了扳機，魯普斯等人宛如弓箭被射出般，衝向在各自眼前的敵人。

魯普斯順著衝上前的衝力，一拳把第一個對手打飛出去後，轉身重新面向另一個對手。這時，刺客手持刀子，直直朝向魯普斯的心臟位置刺來。

這次的對手與方才遇到的小混混完全不同等級，使出了正確瞄準致命處的刺擊。不過，魯普斯以右掌接住刀刃部位。

「鏘！」一聲響亮的金屬聲響起。刺客驚訝得瞪大著眼睛。

刀子的刀尖停在魯普斯的掌心上。魯普斯徒手阻擋住了磨得鋒利的白刀。

「可惡！」

儘管感到疑惑，刺客還是繼續使出攻擊，這回換成砍向魯普斯的咽喉。然而，刺客的砍擊同樣如撞上硬物般彈開來，應聲斷裂的刀刃部位在半空中飛舞。

儘管是經過訓練的刺客，臉上還是不由得浮現宛如看到怪物似的表情。不論對手的身手再怎麼矯健靈活，一旦與魯普斯等人交手後，總會做出相同的反應。

可防禦任何攻擊的特殊能力──「防護力」。這就是 ROWDY SHOGUN 成員所具備的為了保護而存在的能力。

不過，魯普斯當然沒有閒功夫，也沒有好心到會特地說明這項能力給敵人知道。魯普斯揮出拳頭來取代說明。

受到魯普斯的強烈一記上勾拳後，刺客往後仰地倒在地上。這時，貝里和盧卡正好也擊倒各自的敵人。

前前後後只花了短短6秒鐘。目睹整個過程後，夫人用著愉悅的語調說：

「你們很厲害呢！這樣看來，今晚的拍賣會應該也可以很放心囉？」

魯普斯收起進入戰鬥模式的表情，面帶淡淡的微笑回答：

「不好意思，讓夫人看到這麼混亂的場面。我們前往會場吧！」

夫人點點頭後，牽起魯普斯的手。就這樣，夫人隨著魯普斯和貝里走進宅邸內。

沿路上，魯普斯依舊保持高度警戒。他心想或許還有其他敵人也說不定。

（拍賣會還沒開始就先上演這麼一齣……看來今晚有得忙了。）

貝里和盧卡想必也跟魯普斯有著同樣的想法。

然而，明明情況險峻，三人的臉上卻是浮現猙獰的笑容。

4

在那之後過了一段時間，場景切換到設置在宅邸大廳的拍賣會會場。

會場上聚集了約十幾名與夫人同樣戴著面具的男男女女。

他們每個人一身貴氣裝扮，各個都是這座城市裡的有權人士。會場正中央安排了座位，他們坐在座位上品嘗服務生端來的美酒，優雅度過等待拍賣會開始的片刻。

室內瀰漫著平穩的氣氛，古箏樂聲靜靜流動。魯普斯和貝里站在貼近夫人的後方位置執行著警衛工作。

夫人一邊喝著香檳潤喉，一邊斜眼看向魯普斯說：

「我說兩位小夥子，陪我聊聊天嘛。」

「我們非常樂意。不過，必須先確認夫人不介意我們一邊執行警衛任務。」

「當然不介意啊！不說這些了，你剛剛是做了什麼啊？你會魔法啊？」

魯普斯猜想夫人指的是防護力的技能，於是照著往常的說法回答：

「我們受過特別的訓練，也會利用訓練出來的能力來保護您。」

「是喔～意思就是不願意告訴我詳情啊？算了，反正男人要神祕一點才比較有吸引力。」

對於魯普斯模糊焦點的發言，夫人笑著選擇讓步。

魯普斯的舉動或許沒有順應顧客的要求，但技能相關資訊是整體團隊的機密，不論對象是誰，都不能輕易揭露。

不管怎樣，夫人很快便放棄追究讓魯普斯鬆了口氣。魯普斯讓自己專注於會場的警衛工作，仔細觀察四周。

（目前看來沒有什麼可疑的動靜……但這面具有點礙事。）

對於參加者的真實身分，魯普斯一點興趣也沒有，但在所有人都遮住長相之下，若是有盜賊混入其中，也不容易發現。這點拉高了這次工作的難度。

魯普斯感受到其他成員也表現得比平常更加提高警戒。除了魯普斯和貝里之外，另外還有兩名成員也在會場內待命。負責其他區域的成員們也透過耳麥，頻頻報告狀況。

『我是朱迪（JUDY），會場後方無異狀。』

『我是如月（KISARAGI），電梯前方無異狀。』

『我是 q-b，監控室無異狀。』

聽到成員們的報告後，魯普斯也回報說：「會場內也無異狀。」這時，傳來了哈迪斯的回覆聲音：

『看來一切正常，那就準備公開商品。』

聲音傳來的同時，大廳最深處的舞台布簾升起，一名身穿燕尾服的男子從布簾背後現身。

「各位紳士淑女，非常感謝各位今天特地撥空前來參加這場拍賣會！」

男子以高亢宏亮的聲音說道。男子並非團隊成員，而是這場拍賣會的主持人。

主持人身旁的大理石桌上，整齊排列著應是商品的各種物品。看見那些物品後，參加者之間一陣騷然，主持人繼續說：

「各位貴賓都擁有好眼光，想必都十分清楚這些物品的價值吧？這次的拍賣會商品僅限於全世界獨一無二的最終真相。不僅如此，全部還都是當中特別稀有的夢幻商品！」

主持人指向歷史悠久的桌上型電腦、封面已磨損破裂的老舊古書等物。魯普斯相信那些物品確實都是最終真相，但看在他眼裡，只覺得不過是一堆骨董罷了。

不過，當中有一樣明顯看得出十分昂貴的物品。

那是一顆體積與人類的拳頭差不多大、黑光閃爍的「黑鑽石」。魯普斯根本想像不出那顆黑鑽石有幾克拉重。

夫人似乎也被黑鑽石所吸引。她用著難掩讚嘆情緒的語調說：

「我聽到那顆鑽石會被拿來拍賣的消息後，就一直期待不已。現在這樣親眼目睹之後，就會覺得說什麼也要設法拿到手！」

魯普斯和貝里沒有做出任何回應。以保鑣的職責來說，除非顧客主動搭腔，否則都要讓自己像空氣一樣沒有存在感。

沒多久，主持人大大張開手臂，炒熱氣氛的BGM隨即響起。當氣氛來到最高潮時——

「久等了！拍賣會正式開始！首先，就從1號商品、全世界第一台泛用個人電腦『Altair 8800』開始競標！」

隨著主持人的聲音響起，參加者一齊展開投標。

參加者不是開口出價，而是做出手勢來提高價格。舞台上的螢幕畫面顯示出投標價格，價格在轉眼間一路攀升。經過短短十幾秒鐘後，金額已經來到9位數，並且持續攀升中。

安靜無聲的狂熱氣氛籠罩整個會場。這時，耳麥傳來同伴的聲音。

『我是哈迪斯。有一群可疑的傢伙正準備前往會場，提高警戒！』

魯普斯感覺到一陣電流竄過背脊。貝里透過耳麥低聲詢問：「詳細狀況呢？」

『照負責審查場內的馬林所說，對方似乎是持有邀請函的客人。不過，那邀請函有可能是複製品。』

「為什麼會這麼認為？」

『Copy 技術不夠完美。複製出來的東西有微米等級的誤差。這要分析看看才能知道是不是複製品，但我的直覺告訴我是假的。』

雖然沒什麼確切依據，但在這種時候，哈迪斯的直覺總是十分可靠。魯普斯這麼心想時，會場的大門正好打開，一名戴著面具的年輕人走進會場來。

年輕人的服裝奢華，一副聰明富豪二代的模樣。眾多同年齡層的跟班跟隨在年輕人的後頭。

然而，魯普斯感覺到那群人散發出來的氛圍，與其他富裕族群有些不同。看見那群人出現後，主持人毫無緊張感地放大嗓門說：

「唉呦？好像又有客人來了喔！拍賣會才剛開始而已，歡迎踴躍參加！」

年輕人露出微笑點點頭後，朝向座位走去。經過夫人身旁時，年輕人一副忽然有所察覺的模樣停下腳步。

「咦……您不是皇宮集團的會長嗎？」

年輕人這麼搭腔後，夫人回過頭看，並保持臉上的笑容回答：

「犯規了喔！在這裡的每一個人都是無名氏。」

「真是抱歉，那我也就不報上姓名。不過，由衷感謝您平時的關照。」

年輕人屈膝跪在地上，親吻了夫人的手背。或許早已習慣受到這樣的對待，夫人一副理所當然的模樣接受年輕人的親吻。

「不需要這樣拘謹，好好享受拍賣會吧！」

為了緩和年輕人的緊張情緒，夫人輕輕觸摸其肩膀說道。然而，在那一剎那，年輕人的手宛如高溫下的模糊景象似的晃動了一下。

（———……唔！）

普魯斯見狀，皺起了眉頭。在那一瞬間，年輕人把手滑進夫人的包包裡，抽走裡頭的錢包。

其他跟班也分散到會場各處，以同樣的手法從客人身上偷取錢包或飾品。普魯斯猜想一群人應該是以富裕族群為目標的竊盜團。

這群人的身手俐落程度恐怕不是一般人所能察覺，但普魯斯靠著鍛鍊出來的動態視力，明確捕捉到所有動作。普魯斯態度溫和地抓住年輕人的手說：

「這位客人，您這樣讓我們非常困擾。因為這裡是紳士淑女的聚會。」

「咦……？」

「還是說，您是不請自來的客人呢？如果是這樣，我很樂意送您到門口去。」

為了不破壞會場的氣氛，普魯斯一直保持柔和的語調說話。儘管對方是個賊，普魯斯還是懂得保持工作場合上該有的言行舉止。

年輕人的臉上浮現動搖的神情，但很快地重振精神說：

「我想你應該是誤會了……對了，我剛剛在門口撿到一個不知道是誰的錢包。就請你把錢包物歸原主吧！」

年輕人一副事不關己的模樣，把方才偷取的錢包遞給普魯斯。接著，年輕人向跟班們使了一下眼色，整群人朝向會場的門口走去。

（撤退動作挺快的嘛……意思就是雖然沒有偷到夫人的錢包，但從其他客人身上已經偷到足夠的錢財啊。）

一旁的貝里也目睹了整個過程，他透過耳麥詢問哈迪斯說：

「小偷離開會場了。要追嗎？」

『無所謂，就這樣讓他們逃跑。不要在會場裡引發騷動，後續交給我們處理就好。』

哈迪斯的聲音充滿著自信與氣勢。

魯普斯放下心來目送盜賊團走出大廳，同時把錢包還給夫人。

一名站在會場角落的男子，沉默不語地凝視一連串的互動。其面具底下，發出如猛蛇般的犀利目光。

5

走出大廳的年輕人——竊盜團的老大朝向四周的同伴們低聲說：

「被負責警衛的那群人發現了。我暫時敷衍應付了一下，但可能有點危險。」

聽到這番話後，竊盜團的成員們露出訝異的表情。其中一人輕聲詢問：

「老大，你在怕什麼？對方不過是警衛罷了，跟平常一樣隨便就能甩掉——」

「你沒發現嗎？這裡的警衛工作是由 ROWDY SHOGUN 負責。沒有人會想跟他們樹敵。」

聽到 ROWDY SHOGUN 的名字後，一陣緊張情緒劃過成員們的眼底。在城市裡打混的惡徒之間，ROWDY SHOGUN 是令人心生畏懼的存在。

竊盜團老大一邊掩飾冷汗直流，一邊繼續說：

「真沒想到會把他們請來……雖然這不在我們的計畫內，但至少順利保住進帳。大家分散逃跑，各自到基地集合。」

一行人用力點點頭後，各自往不同方向飛奔出去。

＊＊＊

分散逃跑的竊盜團其中一人，爬上位在空中走廊最後方的階梯後，準備從二樓的窗戶逃跑。

然而，一名身穿紅色針織衫的青年出現，擋住了盜賊的去路。盜賊還來不及擺出備戰姿勢，青年已經往上一跳，使出360度旋轉飛踢。

「呃？」

盜賊的側頭部慘遭痛擊，青年一邊著地，一邊朝向盜賊說：

「你對自己的逃跑功夫很有信心啊？真可惜，我們團隊的傲人之處不只有力氣大，也有專攻危險動作的成員。」

在團隊裡武術首屈一指的「猿飛（SARUTOBI）」，露出了開朗的笑容。

其他地方也是一樣的狀況，ROWDY SHOGUN 的成員接二連三地追捕到了竊盜團。

在宅邸後方，打架高手「朱迪」一個接著一個揮拳擊倒盜賊。個性文靜的「米亞（MI-YA）」和

「如月」這對搭檔，安靜無聲地一一綑綁住被擊倒的盜賊。力大驚人的「崔維斯（TRAVIS）」用右手把對手高高舉在半空中，格鬥家「馬杜克（MARDUK）」使出華麗的摔人招數，讓一個個趴倒的竊盜團成員如疊羅漢般疊在一起。

最後，一頭紫髮的時髦男「古斯（GUSK）」雙手各抓住一名盜賊，讓兩名盜賊頭部互撞倒地。這一連串的劇烈打鬥在拍賣會場的富裕人士毫不知情之下，肅靜地進行完畢。

＊＊＊

此時，竊盜團的老大正帶著兩名同伴，衝上緊急階梯。

衝上緊急階梯，三人沿著牆壁爬上宅邸的屋頂，正準備跳到隔壁棟的建築物。三人做出跳躍動作時，一道紅色身影從背後朝向三人的方向撲去。

「哎呀！」

竊盜團的唯一女成員，被擊落在屋頂上。原來是在屋頂上埋伏的「馬林（MARINE）」，使出槌擊擊落了女盜賊。

哪怕對手是女生，只要是工作，就絕不手軟。面對馬林殺氣騰騰的模樣，竊盜團老大嚇得直發抖時，忽然傳來搭腔話語：

「嗨！這麼晚才到啊？」

竊盜團老大嚇一跳地回過頭後，看見一名古銅色肌膚的壯漢，以及一名手持日本刀的美男子站在屋頂上。

眼前的兩人分別是率領 ROWDY SHOGUN 的隊長「哈迪斯」以及擅長劍術的「五右衛門(GOEMON)」。在 ROWDY SHOGUN 當中，這兩人尤其危險。

竊盜團擺出備戰姿勢，哈迪斯從容不迫地告知說：

「其他傢伙全都被抓住了，就剩下你們三個而已。」

「什麼……？怎麼可能這麼快……」

「你們也太小看我們了吧？你們的一舉一動被看得一清二楚。我是說被設置在會場內的監視攝影機。」

哈迪斯等人一邊回答，一邊走近竊盜團。竊盜團的老大心生不祥的預感而準備逃跑時——

「太慢了！」

五右衛門跨出一步逼近到對手面前，如寫出「一」字般拔刀橫切。

「呃！」

竊盜團的成員發出慘叫聲。雖然五右衛門使用了刀背那一面，但威力強大到足以一刀就讓對手失去意識。哈迪斯也在同時衝上前，一拳把竊盜團的老大打飛出去。

竊盜團的老大引發腦震盪，當場癱倒在地。哈迪斯笑了笑後，抓住對方的頭硬是讓對方抬起頭。

「真抱歉，你都已經全身無力了，還打擾你。不過，既然犯了罪，當然要請你好好贖罪。跟我來一下吧！」

哈迪斯把三名盜賊夾在腋下，一派輕鬆地走了出去。五右衛門和馬林也跟在後頭走了出去。

6

此時在拍賣會場上，夫人正好成功標到鎖定為目標的黑鑽石。

「落槌賣出！這個落槌價是本日最高金額！」

主持人興奮地放大嗓門說道，並邀請夫人走上舞台。對方恭恭敬敬地遞出黑鑽石，收下戰利品後，夫人在喝采聲四起、紙花紛飛的全像投影襯托下，面帶笑容說：

「能夠擁有這個我說什麼也想要擁有的東西，真是太開心了！多虧有了優秀的競爭對手，拍賣會的氣氛也熱鬧極了。今晚真是一個美好的夜晚呢！」

「不過，這麼一來，您不會擔心嗎？您不怕難得贏來的珠寶被盜賊搶走嗎？」

「的確會有這層顧慮……不過，能怎麼做呢？」

夫人這麼詢問時，緊急逃生門打開來，哈迪斯等人隨即走進會場內。

「請夫人不用擔心，一切有我們在。」

哈迪斯說道，方才的三名竊盜還被他夾在腋下。

主持人似乎已事先接獲通知，他迅速邀請哈迪斯等人走上舞台。魯普斯也受邀站到舞台上。

接下主持人遞來的麥克風後，哈迪斯朝向參加者們說：

「我們是ROWDY SHOGUN，負責這次活動會場的警衛工作。我們剛剛才去把闖入會場的盜賊抓了回來。不論是各位的人身安全或寶貴物品，我們都會保護到底！」

螢幕上顯示出ROWDY SHOGUN的團隊標幟，博得參加者們一陣歡呼聲。魯普斯聽了後，淡淡的笑意爬上臉頰。

（我懂了。原來是要利用事件來向富裕族群推銷團隊啊。）

魯普斯不由得讚嘆自家隊長不只腕力過人，生意手腕也相當了得。這麼一來，ROWDY SHOGUN的名聲將會更加響亮，委託案件也會蜂擁而至。

會場的氣氛高漲，主持人一副感到滿意的模樣環視會場一遍後，開口說：

「好了，我們的拍賣活動還沒有結束呢！接下來是最後一件商品，它是一本『古書』——」

就在主持人放大嗓門這麼說時——

耳麥突然傳來同伴的聲音：

『這裡是監控室！發生緊急情況！暴風雨來襲！』

聽到這般內容後，魯普斯等人瞪大著眼睛。

＊＊＊

監控室裡，團隊裡首屈一指的智慧派成員「埃諾特（A-NOT）」一臉嚴肅的表情，盯著眼前無數台的螢幕看。

顯示於螢幕上的警告文字閃爍個不停。魯普斯的訝異聲音透過耳麥傳來：

『暴風雨？之前一路來都沒發現有暴風雨？』

「它毫無預警地就突然形成，而且形成位置就在這棟豪宅的正旁邊！」

拍攝屋外狀況的監視器，捕捉到了突如其來的龍捲風急速逼近的畫面。

埃諾特的搭檔「喬（JOE）」，向包含普魯斯在內的所有成員提出警告：

「距離接觸暴風雨還剩10秒鐘，所有人進入戒備狀態！」

＊＊＊

會場裡的參加者們察覺到異狀，紛紛流露出驚愕神情。

屋外傳來巨響，建築物開始晃動起來。會場內瞬間陷入一片恐慌。

魯普斯迅速挺身保護夫人。哈迪斯朝向其他客人說：

「各位，外面很危險！請留在屋內！我們會全力保護各位！」

哈迪斯的語調散發出身為保鑣的滿滿自豪。其他成員也為了保護顧客，張大手臂擋在停下腳步的參加者們面前。

這時，哈迪斯壓低聲音繼續說：

「所有人全面啟動『防護力』！就算房子倒塌下來，也要保護顧客和商品毫髮無傷！」

魯普斯等人點頭回應哈迪斯的話語，並使出全力釋放技能。

「防護力」的有效範圍擴大，完全包覆住整體會場。不僅施展技能者本人，肉眼看不見的力量也庇護著參加者和商品。

下一秒鐘，不知名的撞擊聲響遍會場。建築物一陣劇烈晃動，隨著「啪嚓」一聲傳來，會場瞬間被黑暗籠罩。

盧普斯猜想應該是受到暴風雨的影響而導致停電。參加者們紛紛發出尖叫聲，現場騷動不已。

夫人也微微顫抖著身體，一副感到畏懼的模樣。魯普斯摟著夫人的肩膀，低聲說：

「夫人，請放心。我們的使命就是不論發生任何事，都一定會守住保護對象的安全。」

聽到魯普斯的話語後，夫人低喃：「我相信你。」說罷，夫人的身體也止住了顫抖。

魯普斯等人就這樣靜靜等待暴風雨過去。

雖然只經過短短1分鐘的時間，卻如永恆般漫長。

沒多久，建築物停止了晃動，也不再傳來巨響。

這時，恢復了供電，會場也重拾明亮。

「呼……似乎平安度過了。」

夫人放下心地嘆了口氣。建築物沒有倒塌，參加者也沒有人受傷。

魯普斯也總算釋放緊張的情緒，讓視線轉移到拍賣商品上——

「……嗯？」

魯普斯忽然覺得有哪裡不太對勁。

排列在大理石桌上的商品當中，混著一件陌生物品。

那是一張撲克牌大小的卡片。在這之前，卡片顯然不在商品當中。

相對地，某件物品消失了。也就是拍賣會的最後一件商品、那本老舊的「古書」。

其他成員似乎也察覺到這件事。哈迪斯瞪大著眼睛說：

「該不會是被偷了吧……？趁著剛才那場暴風雨的混亂場面？」

根本不可能有足夠時間偷書。然而，古書確實消失不見了。

魯普斯抱著難以置信的心情，拿起被留在桌上的卡片。

卡片上有著近來鬧得沸沸揚揚的怪盜團「MAD JESTERS」的標誌。

7

由於最後一件商品消失不見，拍賣會也就因此宣告結束。

經過一夜的隔天，魯普斯等人再次聚集到團隊的基地。

所有成員的臉上都掛著苦澀的表情。這時，哈迪斯刻意以輕鬆的口吻說：

「各位，昨晚大家都辛苦啦！我們本身的工作算是順利結束，只不過最後發生一件讓人有點在意的事。」

哈迪斯想必是指古書消失一事。所有人都點頭做出回應，哈迪斯繼續說：

「關於商品消失那件事，埃諾特正在做調查。根據他的調查，那本古書似乎在運送到會場之前，就已經被掉包成假的。」

「在運送之前？」

魯普斯不由得大聲問道，埃諾特代替哈迪斯回答：

「貨真價實的古書是無法複製的最終真相。不過，我查出有人利用特殊的 Copy 技術，硬是複製了古書。因為不具有實體，所以似乎隨著時間經過就消失了。」

「不具有實體……？也就是說，那個什麼怪盜團能夠化無為有，憑空做出複製品？」

「依狀況看來，是這麼回事沒錯。雖然我沒聽過有這樣的技術……」

聽了埃諾特的回答，魯普斯等人露出訝異的表情。

這樣的技術令人難以置信。即使這時代多數物品都得以複製，但還是有做不到的事。其中之一就是「Copy 最終真相」，另一個是「化無為有」。

即便魯普斯沒讀過什麼書，也能夠理解那是超越物理法則的動作。那無疑是一種神乎其技的技術。不過，魯普斯知道還有其他神乎其技的技術。

那不是什麼陌生技術，正是魯普斯等人所擁有的「技能」。

魯普斯等人擁有哪怕是刀子或子彈飛來，都能夠阻擋在外的特殊能力。即便懂得施展這般能力，魯普斯他們依舊不明白其中的原理。既然世上存在著無法得知原理的能力，若有人擁有能夠化無為有的技能，也絕非不可思議之事。

（MAD JESTERS 那群人會是擁有這種技能的怪盜團嗎……？）

魯普斯的腦中浮現這般想法後，陷入了沉默。哈迪斯見狀，振作起精神說：

「……不管怎樣，古書一事與我們無關。留下那張卡片的人，也不過是個只會偷雞摸狗、不足掛齒的小偷。對方應該是不想跟我們正面衝突，才會在拍賣會之前先偷走東西。」

「嗯，不過……或許有必要好好記住對方的名字。」

聽到魯普斯的發言後，成員們都用力點了點頭。

擁有異於常人的技能來保護任何事物「ROWDY SHOGUN」。

同樣能夠施展技能來偷取任何事物的「MAD JESTERS」。

兩者明顯是互不相容的存在。

（……早晚有一天想必會跟那群人展開正面衝突。）

到時候不惜賭上團隊之名，也一定擊垮對方。

魯普斯有股一場戰鬥即將展開的預感，他把這股預感藏在心中，緊緊握起拳頭。

故事正式上演 -Story-

沙漠舞台上　海市蜃樓的帷幕輕輕搖曳

你看見的是真實 -Real-　還是幻想 -Fantasy-

無止境地延展　怦然心動的神祕戲法

PERFECT MAGIC

FANTASTICS from EXILE TRIBE

Chapter4

幻影篇

Words: ZERO (YVES&ADAMS) / Music: Fishtail, Andreas Oberg

1

一片廣大的沙漠，在超東京的東側郊外無限延伸。

在過去，那塊土地曾經綠意盎然，但到了現在，沒有人確切知道何時化為了一片沙漠。會不會和那場「暴風雨」一樣，都是氣候變遷的結果呢？雖不知道真正原因為何，但據說遠在超過半世紀以前，早已是一片沙漠。

不過，那片沙漠上，有一大塊綠洲。有水源之處就會有人們聚集，因而形成了一座規模雖小，但繁榮進步的城市。

對於這座建造在沙漠中的綠洲城市，人們稱之為「Astro 園區」。

在那裡，可看見近未來的大樓群浮在綠洲的正中央，混搭著在沿岸區域延伸的古阿拉伯風格度假設施，呈現出失去平衡、帶有異國情調的街景。在過了半夜時分的此刻，居民們早已進入夢鄉，整座城市沉入黑暗之中。

偏離街道的沙丘上，看見了一座亮著燈光的帳篷。

燈光照亮下，帳篷裡的模樣化為影子浮現。老舊的唱片機裡，緩緩流出甜美安穩的音色。一名蓄著白鬍鬚的老人，以及頭戴帶有羽毛裝飾的帽子、把帽緣壓得低低的男子，在唱片機前方面對面而坐。

「……這裡變成大城市了。近來還真是多了很多吊兒郎當的傢伙。我說『團長』啊，你不這麼覺得嗎？」

老人夾雜著嘆息聲，對著帽子男問道。

被稱呼為團長的男子，一副擔心的模樣反問：

「又出什麼狀況了嗎？」

「一群有錢人家的遊手好閒兒子成群結黨，到處胡作非為。他們一股傲氣，覺得沒有人能夠阻止他們，把自己當成黑幫在鬧事。」

做出這般發言的老人是 Astro 園區的首領。

人們聚集到綠洲來，綠洲漸漸形成繁榮城市之中，老人一路引導城市走向進步之路。老人為城市的現狀感到擔憂，朝向身為建言者的團長說：

「那群人的惡行不勝枚舉。偷竊、施暴，擄人樣樣都來，可說極度惡劣。」

「這些完全是犯罪行為。要不要要求藍盾派人來呢？」

「我已經提出要求了，但藍盾就是遲遲沒有動作。可能是有錢爸媽出面把事情擋掉了吧……不管真相為何，總之對方的答覆就是『你們 Astro 園區的問題靠自己去解決吧！』」

老人面帶苦澀的表情不屑地說完後，直直注視著團長。

「所以，團長，有件事要拜託你幫忙。希望你們可以把那群惡徒趕出去。對方的人數超過二十人，我知道會是一件危險的工作……你們願意幫忙嗎？」

「那當然。那本來就是我們的職責所在。」

團長不帶一絲遲疑地答道。老人聽了後，鬆了口氣說：

「抱歉啊，每次都這樣拜託你們幫忙。不過——」

「不過什麼呢？」

「團長，你今天又變了一個人。即使像這樣和你直接面對著面，還是會有些擔心不知道你到底是不是真的你。」

聽到老人的話語後，團長的臉上浮現淡淡的笑意。

如老人所說，每次在人前出現時，團長都會以不同姿態現身。團長今天也是一身喬裝過的服裝，帽子底下若隱若現的面容化了妝，根本看不出原本的長相。

老人凝視著看不出原本長相的面容，繼續說：

「即使是我這個交情已久的老朋友，你也無法信任嗎？究竟是什麼事讓你如此害怕？」

「如果要說我會害怕，應該就是害怕失去孩子們吧。畢竟是從事危險工作，所以還是盡可能地隱藏真實身分比較好。不管是我，還是那群孩子們，都一樣。」

「嗯，代表著那群孩子對你來說有多麼地重要……可是，為了孩子們而不讓任何人看見自己的真實模樣，這不是隨便什麼人都做得到的事。你的人生簡直就像沙漠的幻影一樣。」

「這句話對我來說是一種誇獎。世界是舞台，人生是一夜上演一幕的夢劇場。我不過是身為夢劇場的演員，專心扮演被賦予的角色罷了。」

老人露出苦笑回應團長的回答。

雖然團長像是給了敷衍的答案，但事實上，團長一路來確實忠誠地扮演著他的「角色」。團長的身分和真實模樣確實令人在意，但值得信賴的程度足以揮去在意的情緒。

「收到，我就不再探究了。那就萬事拜託啦！也順便幫我跟孩子們問候一聲。」

說罷，老人走出了帳篷。

被留在帳篷裡的團長，對著身後的一片黑暗說：

「你們都聽到了吧？上工時間到了。」

這時，八名青年無聲無息地從黑暗之中現身。

團長轉身好好面向八名青年，繼續說：

「這次的對手聽說是有錢人家的公子所組成的黑幫。他們覺得自己做壞事也不會被抓，所以完全不把事情當一回事看，不敢保證他們不會大鬧特鬧一場。」

這時，八人當中一名看似個性好強的青年放大嗓門說：

「感覺很有趣嘛！總是要有一點挑戰性才好啊。這樣還可以順便做一下表演的練習。」

「呵……『至(ITARU)』，你每次都是這樣莽莽撞撞的。」

被稱呼為至的青年，以微笑回應團長的話語。

團長對著包含至在內的所有人說：

「不過，有這樣的衝勁很好。不管對手是何方神聖，只要是發生在這座城市裡的紛爭，我們都會親手解決。賭上 Astro 9 的名譽，去把那群流氓攆出我們的城市！」

聽到這番話後，八名青年一齊點頭。

Astro 園區不在超東京政府的管轄範圍內，也不會有藍盾的身影。這裡雖然有自治團體的警衛隊，但規模小且力量薄弱。因此，必須有一群人能夠代替警衛隊來解決紛爭或事件。

這群人就是團長所率領的 Astro 9，專門在 Astro 園區解決麻煩、平息事件。

2

在那之後，至等人照著團長的指示，分成兩人一組在園區內巡邏。

據說那群黑幫也是分成幾個小組，幾乎每天都在街上各處一再犯罪。既然如此，就採取各個擊破的戰略！

與超東京的鬧區比起來，Astro 園區的夜晚布滿黑暗。在大白天裡因為有攤販而熱鬧無比的帳篷村，到了現在也沉入黑暗之中。

賴著月光走在帳篷村時，至朝向身旁的男子說：

「話說回來，特克，你不覺得最近很多這類事件嗎？」

至的搭檔「特克（TEKU）」聽了後，用著放鬆的口吻回答：

「畢竟聽說超東京那邊前陣子增加了藍盾的人數，所以在那邊混不太下去的罪犯，都跑到我們這邊來了吧。」

雖然特克總是一副瀟脫的模樣，但其實相當沉著冷靜，也很聰明伶俐。這樣的個性與動不動就容易情緒激動、直性子的至完全相反，但兩人是一對好搭檔。

個性也愛嘲諷人的特克一邊擦拭其註冊商標的眼鏡，一邊繼續說：

「是說，我不覺得那群在超東京混不下去的小混混，來到這裡就能吃得開，你呢？」

「完全認同。畢竟 Astro 園區雖然沒有藍盾，但有我們……嗯？」

這時，一隻貓頭鷹從夜空飛下來，對著至兩人說：

『至、特克，聽得到嗎？是我。』

雖然外表是一隻貓頭鷹，但傳來的是團長的聲音。

貓頭鷹是團長創造出來的機器動物，負責在園區內巡哨。空中有好幾台同款的機器動物飛來飛去，探查街上的狀況。

團長在基地帳篷裡，監控貓頭鷹們收集到的資訊，再發出指示給至等人。

Astro 9 一向都是採用這樣的做法。

「聽得到。團長，發現可疑的傢伙了嗎？」

『前方有一群綁著頭巾面罩、手持槍枝的男人。看那模樣應該是打算襲擊帳篷村的強盜。』

「收到！我們馬上去逮捕他們！」

話一說完，至就跑了出去。特克沒能跟上腳步，聳了聳肩說：

「連對方有多少人也不先問一下就衝出去，實在跟子彈沒什麼兩樣。」

『抱歉，特克，你就掩護他一下吧。敵方有兩人。』

「收到～」

特克一派輕鬆地回答後，追著搭檔跑了出去。

另一方的至往前衝刺一會兒後，在黑暗前方的另一端，看見一名男子臉上綁著骷髏頭圖案的頭巾面罩。男子手上拿著槍，一副隨時準備闖入附近的帳篷、威脅攤販老闆的模樣。

「站住！你這個匪類！」

至不由得大喊道，面罩男嚇得抖了一下。面罩男下意識地把槍口對準至。

然而，面罩男準備扣下板機時，錯愕地僵住了表情。至早了一秒做出跳躍動作後，接二連三地蹬著帳篷的壁面往前飛，勾勒出鋸齒狀的軌道朝向面罩男襲來。

「啥？」

面罩男難掩內心的動搖而喊出聲音後，下一秒鐘整個人飛了出去。至順著一路飛來的衝力，朝向面罩男全力使出了後旋踢。

「馬上搞定一件。接下來——」

順利著地後，至這麼低聲自語時，察覺到附近有所動靜。

「唔！」

至往後彈開地轉過身子一看，發現另一名持槍的男子從帳篷背後衝了出來。

糟了！還有一個敵人啊！情急之下，至準備跳開閃躲。這時，特克介入兩人之間。

「喲？你手上的東西挺有意思的嘛！射射看啊！」

特克朝向男子做出「請」的手勢，一副灑脫的模樣說道。男子聽了後，火冒三丈地大喊：

「你不要得寸進尺啊！你以為我不敢開槍嗎？」

「不是啊，我只是在想就算你敢開槍，可能也射不準耶～」

「是嗎？那就來試試看啊！」

男子大喊道，跟著扣下板機。

然而，射出的子彈在空中燃燒起來，還來不及飛到特克的身上就已消滅。

「……啊？」

面對超出理解範圍的狀況，男子整個人楞住了。特克用著平穩的語調說：

「看來你們這種一時湊合出來的黑幫，似乎不知道我們的存在啊？那是幻影。你懂嗎？幻影。」

特克一邊說話，一邊走近男子，跟著伸手觸摸男子的衣服。特克一摸之後，男子身上的衣服變成囚犯服，徹底奪取了男子的自由。

「～～～！」

男子不知大喊了什麼，但因為嘴巴被綁上口枷，所以喊不出聲音來。

特克忙著處理男子的這段時間，至也已經捆綁好暈倒的男子。至把頭巾面罩變成繩索，牢牢綁住暈倒的男子。

這就是至等人所擁有的特殊能力。他們擁有的不是複製物品的能力，而是「變換」的能力。

那是一種能夠讓觸摸到的物品改變形狀或運動狀態、如魔法般的能力。一路來，至等人就是運用這種能力，解決 Astro 園區的麻煩事件。

「好啦，這次是真的搞定一件了。謝啦，特克。」

「客氣啥！不說這些了，不知道其他人處理得怎樣？」

特克這麼回應後，視線看向了遠方。

3

沒錯，懂得運用「變換」這項技能的人，不只有至和特克而已。雖然擅長領域各不同，但團隊所有成員都擁有變換的能力。

至和特克抓到強盜時，Astro 9 的其他成員也在街上各處展開打鬥。

有道身影如滑行般，飛越一棟挨著一棟排列的建築物屋頂。身影的主人是團隊裡最沉靜的時髦男「亞里亞（ARIA）」。

亞里亞一棟接著一棟飛越屋頂，同時讓視線往下移。視線前方出現盜賊的身影，盜賊捧著塞滿珠寶的包包正在逃跑。

「……」

亞里亞沉默不語地往下跳躍。

亞里亞施展的是變換能力之一，也就是「變換運動的向量」。藉由這樣的變換動作，亞里亞能夠在半空中自由控制自己的動作軌道，進而使出精準無比的跳踢。

「呃？」

被亞里亞猛力一踢後，盜賊趴倒在地上，揚起一陣塵埃。亞里亞化解墜落的衝力，做出漂亮的落地動作。

在那之後，亞里亞朝向在夜空飛行的貓頭鷹送出暗號。如此一來，同伴們就能夠得知亞里亞方才在屋頂上奔馳時，所發現的敵人位置。

＊＊＊

亞里亞送出的暗號，透過貓頭鷹傳達給了同伴。

然而，性情多變的「烏鴉(KARASU)」卻在位置偏僻的倉庫街上，悠閒地散著步。

「我明天已經安排了其他工作，現在還要我去制伏惡徒，真是一點幹勁都沒有。至少要讓我保留體力吧！」

遠離倉庫街的大樓群那一方光芒閃亮，可看見全像投影播放著近來人氣高漲的歌姬的廣告畫面。烏鴉望著廣告畫面，悠哉吹著口哨，心想：「打鬥方面同伴們會幫忙搞定的！」雖然烏鴉向來我行我素，但對於同伴的信任比別人強上一倍。

（再說，如果我出手，搞不好會弄得太多人受傷……）

烏鴉這麼心想時，「碰！」的一聲槍響從遠處傳來。

隔一秒鐘，烏鴉腳邊的塵土突然彈起。烏鴉定睛一看後，發現有個黑幫混混持槍藏身在不遠處的倉庫後方。對方似乎察覺到 Astro 9 的行動，前來反擊了。

（喲？對方主動跑來了啊？沒辦法，只好準備抓人了。）

烏鴉衝上倉庫的壁面爬上屋頂，朝向黑幫混混逼近。敵方開槍反擊，但烏鴉動作靈活地避開了子彈。拉近足夠的距離後，烏鴉大大一揮手臂，半空中隨即出現綠色的火圈。

「啥？」

面罩男陷入錯愕之中時，一隻全身披著火焰的猛獸從火圈裡衝了出來。貌似獵犬的火焰猛獸猛地衝近男子，男子還來不及開槍已被扯倒在地。

「乖～不可以咬死人家喔！只要制伏對方就好了喔！」

烏鴉不疾不徐地走近男子後，用頭巾面罩綁住男子的雙手。

跟著，烏鴉彈了一下手指，猛獸和綠色火圈隨即如幻影般搖晃一陣後消失不見。

烏鴉的擅長招數「獸之召喚」是一種利用變換位置座標的方式，叫出自己所調教的合成獸的能力。面對這樣的能力，即使是手持槍枝的黑幫，也只會淪為獵物。

＊＊＊

同一時間，不同地方掀起一場更為劇烈的打鬥。

地點是黑幫混混的聚集地，一棟尚未建蓋完成的大樓。擅長耍刀的「肇（HAJIME）」來到這裡展開襲擊。

「嗨～公子哥兒們，你們希望我從哪一位開始處理啊？」

肇手持刀子站在大樓的走廊上。一群黑幫的臉上都綁著相同骷髏頭圖案的頭巾面罩，他們手上拿著槍，毫不掩飾地展現憤怒模樣。

「混帳東西，你以為那麼小一把刀贏得了我們？」

「你自己一個人跑來襲擊，膽子挺大的嘛？」

「這小子太小看我們了吧！動手吧！」

黑幫混混一齊開槍。在那一刻，肇以迅雷般的速度揮舞刀子，彈開所有子彈。

「啥？」

一群男子瞪大著眼睛，肇翻開夾克讓男子們看到夾克內側。夾克內側藏著一排排數不清的刀子。

肇動作俐落地揮一下手之後，那些刀子突然在半空中浮起。

肇擁有的技能是，利用變換四周磁場的方式來操控金屬。刀子朝向敵人一齊射出，貫穿了男子們的手臂。

「媽、媽呀……！」

黑幫混混們踉踉蹌蹌地逃跑開來。然而，在那下一秒鐘，跑在前頭的其中一人遭到突如其來的強風吹襲，猛烈撞上牆壁。

「沒得逃喔！我勸你們還是乖乖投降比較好。」

擅長風術的「肇恩（KANE）」從大樓外的上空勸告道。肯恩擁有能夠變換氣流的技能，其自身也能夠在空中飛行。

然而，對不知道這般技能的一群黑幫來說，肯恩無非是令人恐懼的存在。男子們朝向窗戶開槍，但肯恩早已不見蹤影。肯恩出現在另一扇窗戶的另一端，釋出旋風。

「救、救命啊！」

一群黑幫陷入精神錯亂的狀態，拿著槍開始胡亂掃射。那場面就連擅長耍刀的肇也感覺到危險，急忙藏起身子。

「這狀況真的有點危險，還是等他們把子彈射完好了。」

肇這麼低喃時，身後傳來同伴的聲音。

「這樣要拖拖拉拉到什麼時候啊？我來迅速解決！」

不知何時已經前來集合的「神樂(KAGURA)」這麼說道。

神樂是一個能夠變換自身的身體速度，來做到超高速移動的速度王。肇還來不及阻止，神樂已經朝向黑幫展開攻擊。

在敵方瞄準目標之前，神樂早已瞬間拉近距離。神樂同時加快了拳頭的速度，使出強而有力的勾拳。

神樂就這樣一路毆打到第三人倒下時，剩下的第四人從恐慌之中重新振作起來，把槍口對準神樂的背部。然而，在子彈從槍口射出之前，肯恩從窗外飛進來舉高手刀一砍，敵人當場暈厥過去。

「神樂，太危險了！你這樣的攻勢衝過頭了！」

肯恩一臉擔心的表情，神樂用鼻子哼了一聲說：

「我的個性不適合迂迴作風。我比較喜歡直接一點的做法。」

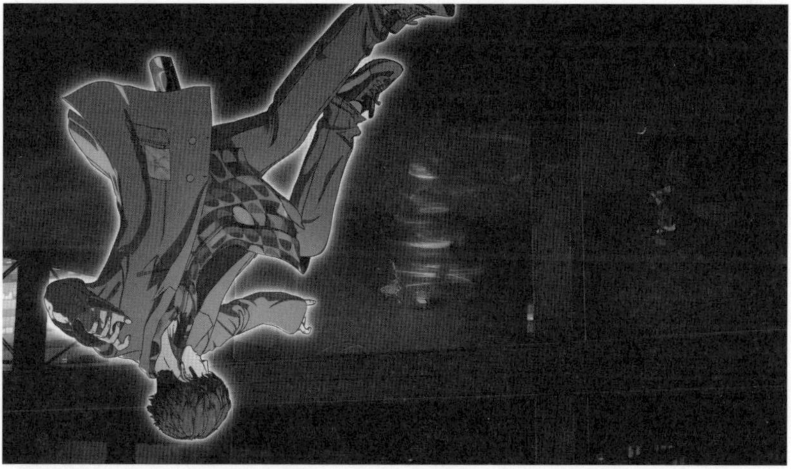

肯恩的個性謹慎又體貼，神樂的個性急躁又血氣方剛。看著這對個性截然不同的搭檔在戰場上互相爭論，負責調解的肇忍不住搖頭嘆氣。

＊＊＊

另一方，從襲擊之中逃脫的黑幫餘黨，逃到了大樓後方。

一群人杵在原地不動，表情茫然。

「這、這傢伙是怎樣？」

在這群人的前方，一名騎著單車的男子正在瘋狂打鬥。

男子是天真開朗的極限單車騎手「迪爾（DILL）」。迪爾正忙著拿他的愛車當武器，一個個撞飛黑幫餘黨。

「很好！氣氛炒熱起來了！接下來換表演這招給大家看看！」

迪爾直接騎著單車往上跳，接著在空中做出橫向的３６０度旋轉動作，接二連三地撞倒四周的黑幫混混。黑幫混混剩下最後一人，該名男子拿著珠寶準備逃跑。

「哎呀？表演還沒結束呢！」

迪爾猛地追上男子，讓行進中的單車直接撞擊男子的背部。

珠寶從男子的手上脫落，朝向空中飛去。迪爾身手輕盈地接住珠寶時，一頭貓頭鷹不知從何處飛了下來。

『迪爾，狀況如何？』

面對以團長聲音說話的貓頭鷹，即使是天真開朗的迪爾，也露出正經的表情回答：

「這棟大樓的黑幫都搞定了。不過，還有五個人駕車逃跑中。」

『等那五個人也抓到之後，就可以收工了吧？』

「是。不過，那幾個傢伙手上有人質。他們擄走了一般女民眾。」

『人質啊……收到，我讓至和特克去處理。』

說罷，貓頭鷹隨即振翅飛去。

＊＊＊

接到貓頭鷹的聯絡後，至和特克一同前往現場。

根據團長從上空所做的調查結果，黑幫的車子目前正行駛在連接 Astro 園區和超東京的高架道路上。至和特克搶先一步來到更遠的位置，站在郊區的大樓屋頂上等候著。

沒多久，兩輛外觀醒目、駕駛動作顯得特別危險的車子，在高架道路上駛來。兩輛車子上都是男子，但第一輛車子的後座坐了一名女子。

「來了！先救出人質！」

說罷，至隨即從大樓的屋頂上，往車子的方向跳去。

至順著衝力朝向車子的側面猛力一踢。至變換自身的重量，化為宛如一噸重的塊狀物，受到如此重物的踢擊後，行駛中的車子彈飛了出去。

至不停歇地再次做出跳躍動作，跳上彈飛出去的車子。拉出坐在後座的女子後，至就這麼帶著女子脫離現場。

這一連串的動作轉眼間結束，駕駛第二輛車子的男子，一臉錯愕的表情看著眼前的光景。

然而，特克在這時著地，擋住車子的去路。特克朝向車子頂出掌心後，空氣中的熱量變換為火焰，當場捲起旋渦。

「唔！」

男子察覺時已經太遲了。車子遭受火焰直擊後，輪胎燒焦而蛇行起來，最後猛烈撞上高架道路的牆壁。

特克見狀，臉上浮現使壞的笑容說：

「如果知道怕了，就別有歪念頭想在 Astro 園區做壞事。」

就這樣，Astro 9 的成員們一夜之間就讓黑幫全軍覆沒，也順利救出遭到綁架的女子。

＊＊＊

脫離現場後，特克來到方才那棟大樓的屋頂上與至會合。

被救出的女子看著至兩人，儘管難掩驚訝的情緒，還是不忘低頭致謝：

「兩、兩位！謝謝你們救了我！」

女子的年紀比至兩人年長許多，是一位擁有成熟魅力的美女。女子握住至的手，淚眼婆娑地說：

「我還以為再也沒辦法回到女兒的身邊……真不知道該怎麼答謝你們才好……」

「不，沒什麼好答謝的……我們只是做了該做的事情而已。」

至最怕面對成熟女性了，只要被對方一碰，就會滿臉通紅。特克露出苦笑看著至的醜態模樣時，不知忽然想到什麼點子而開口說：

「……對了，小姐，既然妳說要答謝我們，如果方便的話，可以請妳幫個小忙嗎？」

「幫什麼忙呢？」

「跟這份工作無關，而是我們的另一份工作——」

至這麼切入話題後，向女子說明了方才內心浮現的點子。

女子聽了後，面帶微笑回答：「我非常樂意幫忙！」

4

救出被綁架的女子後，至和特克回到團隊的基地帳篷。

把女子交給特克安置後，至來到團長的身邊回報狀況。

「團長，我們回來了。那群黑幫差不多都解決掉了。」

「嗯，我都看到了。身手相當乾淨俐落。」

團長坐在長椅上，望著拿在手上的水晶球。水晶球裡透過放飛到街上的貓頭鷹眼睛，映出 Astro 園區各處的狀況。

「……其他人看來也都完成各自的工作了。看大家都沒有受傷，我也放心了。」

「畢竟團長平時就一直在訓練我們，這點程度我們都能輕鬆勝任。」

說罷，至自豪地挺起胸膛，團長回以溫暖的笑容。

團長是 Astro 9 的領袖，也扮演父親的角色養育成員們長大。5年前的暴風雨害得至等人痛失父母而成了孤兒，團長接納並養育他們長大。

當初也是團長創造出變換技術，並傳授給至等人。以前都是團長獨力守護 Astro 園區，但現在至等人也習得技能，所以改變成團體行動。

至十分尊敬團長，團長是優秀的領袖、良師，也是溫柔的父親。這時，團長的臉上浮現苦澀的表情。

「……輕鬆勝任啊。看見你們的成長我一方面感到開心，但同時也感到害怕。」

「咦？」

看見至愣住了表情，團長把水晶球拿到至的面前。就像在播放錄影影片一樣，水晶球裡映出方才至等人擊倒盜賊的畫面。

「我把『變換』技能傳授給了你們，那不是任何人都能夠習得的技能。正因為是你們，才能夠領會貫通。至，你知道原因是什麼嗎？」

「原因嗎……？因為有天賦之類的嗎？」

「天賦啊，這答案也是沒錯。」

團長在臉上浮現淡淡的笑意後，自言自語似地繼續說：

「……不過，那技能是為了生存的力量，同時也具有招來禍害的危險。我不確定讓你們擁有這樣的力量，究竟是對還是錯……」

團長這麼低喃後，讓視線移向身旁的書桌。書桌上放了一本封面斑駁破損的古書。

團長凝視著古書，眼裡散發出有別於平常的嚴肅目光。至感到訝異而反問：

「團長，怎麼了嗎？是不是我們的技能出了什麼問題——」

至說到一半時，帳篷外傳來了腳步聲。

其他成員回來了，大家的交談聲也傳了過來。

聽見交談聲後，團長回過神地說：

「……沒事，不用在意。不說這些了，天就快亮了，快去做好舞台的準備吧！」

「是、是！」

雖然團長的態度令人在意，但至還是先乖乖退下。

至著手準備起「另一份工作」，這份工作與守護 Astro 園區的和平一樣重要。

5

完成準備工作後，天也亮了。至等人小睡了一會兒後，夕陽西沉的時刻再次到來。

在距離至等人視為基地的帳篷不遠處，有一座表演場地，無數的民眾湧入表演場地。表演場地的正中央設置了一座圓形舞台，除了團長和肇之外，剩下的七名成員全站在舞台上。

至對著滿座的觀眾，恭敬地行了一個禮說：

「各位嘉賓，歡迎來到 Astro 9 的表演秀！今天我們也將為大家帶來一場魅惑的幻影秀！」

聽到至的話語後，觀眾席掀起一陣歡呼聲。

至等人還有另一種身分，那就是利用「變換技能」進行表演秀的幻影集團。他們如魔法般的表演秀迷倒無數觀眾，也吸引眾多來自超東京的客人。絢爛的燈光效果之中，至等人展開了表演秀。

首先，至以輕盈的動作，表演空中盪鞦韆的特技。至「變換」自身的體重，做出超乎常人的特技動作，勾起觀眾的尖叫聲與讚嘆聲。

緊接著上演的是，亞里亞的默劇。亞里亞平時沉默寡言，但在舞台上的演技可說相當「口齒伶俐」。亞里亞透過幽默的肢體動作博得觀眾的笑聲，儘管沉默不語，卻傳遞出比話語更為豐富的情感。

接下來是猛獸使者「烏鴉」召喚出猛獸，表演了一段猛獸駕馭秀。接著換特克上場，特克表演了耍火把的雜技。

速度王「神樂」表演了瞬間移動的幻影秀。單車騎手「迪爾」鑽了火圈，擅長風術的「肯恩」負責了空中飄浮的表演項目，觀眾席上掀起一陣又一陣的高聲歡呼。

這些都是利用技能而有的幻影，既沒有動過手腳，也沒有任何機關。不過，在這座舞台上，沒有人會不識風趣地在意這些事情。大家只會陶醉於至等人的「魔法」之中，如癡如醉。

沒多久，在表演秀進入尾聲時。舞台忽然暗了下來。

成員們紛紛走下舞台，只剩下特克一人站在聚光燈下。

「……各位嘉賓，今晚的表演秀大家看得還滿意嗎？接下來各位將欣賞到最後一項魔法。」

特克這麼宣告後，另一盞聚光燈照向觀眾席。

觀眾席上坐著一名少女，少女的五官與特克不久前解救的女子十分相似。

「前面這位小姐……是否有榮幸請妳上台來幫忙我施展魔法呢？」

特克招手說道，少女一臉疑惑的表情走上舞台。

少女的母親打從昨晚就行蹤不明。落單的少女去找了身為 Astro 園區首領的老人商量。然而，不知為何，母親明明還沒有回來，少女卻被邀請前來欣賞這場表演秀。少女不明不白地來到表演場地。

比起欣賞表演，少女更在意母親的去向。特克像是要拂去少女的不安情緒似的，露出微笑低聲說：

「請妳在心中祈禱可以得到現在最想要的東西。施展魔法的時候，最重要的就是人們的『意念』。妳的意念將成為魔法的成功關鍵。」

聽到特克的話語後，少女雙手合十地做起禱告。少女祈禱著母親能夠平安回到她的身邊。

這時，舞台正中央出現一道光柱——

光芒閃了一下，下一秒鐘，少女的母親出現在舞台正中央。

「媽媽！」

少女衝上前去，母親淌著淚水抱住少女。因特克和至而獲救的女子為了表達謝意，配合演出了這場魔術秀。

觀眾們發出更加高亢的歡呼聲，如雪花般的紙片在舞台上飛舞。其他成員也走上舞台，與母女一同朝向觀眾行禮。

Astro 9 的表演秀就這樣在感人的場面之中落幕。

觀眾席上，一名目光如猛蛇般犀利的男子，沉默地凝視著舞台上的光景。

＊＊＊

表演秀結束後，至等人一直等到觀眾散去，才走出表演場地。

此刻，太陽早已西沉，四周陷入一片昏暗。擅長耍刀的肇向至等人搭腔：

「欸，你們今天晚上的表演秀好像也相當成功喔？」

「嗯，你那邊呢？」

「一如往常，上門的客人多的呢！不過，我可沒忘記保留你們的份！」

說著，肇把所有人數份的總匯三明治遞給至等人。

肇喜歡烹飪，成員們忙著表演的時候，他就會在表演場地外擺小吃攤。肇的小吃攤也相當受歡迎，與表演秀的雙重效應下，吸引了更多的客人前來。

肇的總匯三明治使用了大量的野生火雞肉和蔬菜，彈牙多汁，美味滿溢。至大口咬下三明治，面帶微笑說：

「不過，還真的是累了。昨晚就開始忙著處理事件和表演，工作滿檔啊！」

「回帳篷好好睡它一頓！團長也會讓我們休息吧！」

至等人就這樣一邊交談，一邊走回帳篷。然而，隨著與帳篷拉近距離，開始傳來居民們吵吵嚷嚷的聲音。

「……發生什麼事了？」

至停下腳步，看向前方。

團隊的基地帳篷所在的方位上空被染成一片紅，還看見濃煙往上竄。至從一片喧嚷的居民口中，隱約聽見「火災」的字眼。

「我聽到他們說火災？」

至等人互看彼此一眼後，像彈出去似地向前奔去。

沒多久，帳篷出現在偏離街道的沙丘上。至等人居住的基地，被火焰團團包圍。

遠方的消防車鳴笛聲越來越近。至等人等不及消防車到來，一窩蜂地衝進帳篷中。

「團長！」

至大喊道，但沒有得到回應。

團長總是坐在上頭的長椅上，只剩下團長的水晶球。充當團長眼睛的貓頭鷹們遭到破壞，散落在地上。

至完全掌握不到發生了什麼事。沒多久，特克在濃煙瀰漫之中低喃：

「團長不見了……不對，是被綁架了？」

帳篷內看得出有爭鬥過的痕跡，特克的推測似乎正確。

至的耳邊忽然響起昨晚團長說過的話。

『你們擁有的力量也具有招來禍害的危險。』

意思是說，禍害到來了？然後擄走了團長？

至等人沒能夠搞清楚狀況，就這麼衝出漸漸燒毀倒塌的帳篷。

一群人為了尋找賦予他們生存力量的團長去向，衝出了帳篷。

Chapter 5
分析篇

VIVA LA EVOLUCION

摧毀後重生的 Brand new world

引導下交錯的 Shootin’ stars

比誰都要恣意瘋狂熱舞

VIVA LA EVOLUCION

BALLISTIK BOYZ from EXILE TRIBE

Words: ZERO (YVES&ADAMS) / Music: Avalanche, Andy Love

1

時間稍微往前回溯。

Astro 園區裡的至等人為了尋找消失蹤影的團長去向，展開了搜尋行動。在那幾天前的夜裡，另一組團隊的故事在位於超東京西北部的區域展開著。

那裡是舊市區——「池袋」。有別於其他區域，池袋裡櫛比鱗次的大樓和建築物，一棟棟都荒廢不堪。

5年前的暴風雨過後，池袋的街道未能百分之百獲得重建。Copy 技術再怎麼進步，在複製建築物上，還是必須耗費莫大的費用。當時，東京全區遭受嚴重打擊，說到底還是不可能複製重建所有區域。

池袋也就這樣淪為「被遺棄的土地」之一。然而，即便建築物再怎麼荒廢不堪，仍舊可看見人們棲身於此。

在那裡，不只有無處可去的人們，還有一群自願棲身在荒廢地方、屬於地下社會的居民。電子遊樂場「J」，即是這群居民的聚集場所之一。

「J」位在形同廢墟的大樓地下室，規模不大。店內以重音震耳的嘻哈音樂為背景音樂，舊世紀的電子遊戲機緊密排列在狹窄空間裡。遊樂場最深處有一塊員工專用空間，那裡有一間小房間擺放著無數台電腦和顯示器。小房間裡傳來了聲音。

「……可惡，安全防護果然做得很堅固。」

聲音的主人是名為「斯基特（Skeet）」的長髮青年，斯基特一邊敲打鍵盤，一邊低喃道。顯示器的畫面顯示出綠色文字，斯基特每敲打一次鍵盤，綠色文字就會在畫面上高速流過。在後方看著畫面的另一名年輕人，以挖苦的口吻說：

「斯基特，你嘴巴上說得那麼厲害，結果呢？你不是說藍盾的安全防護算什麼，兩三下就可以攻破？」

「你很煩耶！未來（Future）！不然你來試試看啊！」

被稱呼為未來的男子露出邪惡的笑容一把推開斯基特，代替斯基特敲打起鍵盤。

兩名年輕人是以這家電子遊樂場為基地的駭客團隊「JIGGY BOYS」的成員。他們正在利用歷史悠久的電腦，針對這座城市的維護治安部隊「藍盾」展開駭客行動。

未來一邊輸入各種用於入侵網路的指令碼，一邊表情不悅地說：

「畢竟我們從以前就看那些傢伙不順眼，這樣剛好有機會跟他們鬥一下。」

斯基特點點頭回應未來的話語後，回想起方才看到的光景。

事情發生在今天的大白天。他們一群人在前來這家遊樂場的半路上，撞見手持槍枝的藍盾。藍盾的陣容龐大，以往幾乎不曾看過如此驚人的人數。

以前斯基特等人沒什麼機會看到藍盾的身影，但這陣子撞見藍盾的機會變多了。尤其在「池袋」這個區域，藍盾連日展開示威行動。藍盾的目標似乎不在於斯基特等人，雙方撞見時藍盾也態度和平地往前走去。不過，斯基特等人畢竟是以駭客維生的身分，難免覺得藍盾的存在看了礙眼。

於是，斯基特起了念頭想要入侵藍盾的系統，窺探一下他們的動靜。只要能夠竊取到隊員的位置資訊，就可以避免半路撞見藍盾而緊張兮兮的狀況。

然而，實際做了後，斯基特才發現藍盾的安全防護比想像中的堅固，遲遲掌握不到可入侵的漏洞。未來接下第二棒出擊，但似乎也是一樣的結果。沒多久，未來決定放棄，終止了連線。

「……斯基特，我錯了，他們的系統確實做得很堅固。我怕如果過度動作，可能會反過來被偵測到。」

「人家以治安維護局自稱還真不是口說無憑。沒想到我們的技術居然行不通。」

一路來，不論對象是個人也好，企業也好，其安全防護做得再堅固，也都被斯基特等人一一攻破。沒能成功入侵藍盾系統讓斯基特覺得一路來的豐功偉業蒙羞，內心不由得升起一把怒火。

「如果就這樣退讓，我們團隊豈不是整個顏面掃地！難道沒有什麼好方法嗎？」

斯基特說道，未來稍作思考後，回答：

「……既然打不開魔王的城堡大門，是不是可以先設法拿到鑰匙呢？」

「嗯？什麼意思？」

「位在超東京西南部的藍盾總部。我們就直接去那裡，把入侵系統所需要的鑰匙帶回來。」

「你說藍盾的總部？這樣不會太危險嗎？」

「所以才有趣啊！」

「我也這麼覺得。」

斯基特和未來露出無所畏懼的笑容，互看著彼此。

斯基特等人比任何都渴望自由的生活，對他們而言，風險根本不是什麼值得害怕的東西。因為害怕風險而不敢行動。才是最該忌諱的事情。

「……定案！未來，就照你說的方法去做吧！我來叫大家集合！」

說罷，斯基特立刻透過ＩＲＣ聊天室通知團隊成員。

2

在那之後約莫過了30分鐘，時刻來到午夜零時。

斯基特和未來離開祕密基地，來到距離池袋幾公里遠的藍盾總部。

高聳圍牆圍起的總部那一端，傳來隊伍行進的腳步聲。那八成是藍盾隊員們的行進腳步聲，他們想必正在做著夜間訓練。未來抬頭仰望高牆，發出咋舌聲說：

「呿！這裡果然有很多空拍機。」

四周可看見大量的監視空拍機，在空中交錯飛行。想必只要一做出可疑的行動，光是如此藍盾隊員就會立刻趕來現場。

然而，斯基特不以為意地看著成群的空拍機，回答：

「沒什麼好怕的。那些傢伙看不到我們的存在。」

斯基特和未來身穿光學迷彩西裝，身體因此變得透明化，與四周的街景融為一體。光學迷彩西裝是團隊的同伴所開發的特殊裝備，具有可使空拍機的各種感測器變得無效的功能。

「未來，那就走吧！來去觀摩一下藍盾的大本營吧！」

未來點頭回應斯基特的話語後，朝向圍牆上方拋出鉤繩。未來和斯基特兩人順著鉤繩，爬上了圍牆。

這時，壯觀的光景出現在腳下。數不清的眾多藍盾隊員，正在空地上行進。數量多達數十輛的成排武裝戰鬥車，跟在隊伍後方緩緩前進。

一名男子站在最前頭，只有他一人沒有戴上安全帽。男子會是藍盾的隊長嗎？男子的體格不算高大，但目光如猛蛇般犀利。

在男子的率領下，隊員們踩著整齊劃一的步伐，默默向前行進。未來低頭俯視這般光景，低喃：

「……簡直就像機器人一樣。他們的動作整齊到讓人覺得可怕。」

「別一直說話，小心被發現！好好看著他們才重要。」

斯基特壓低聲音一邊說道，一邊看著腳下的光景。未來輕哼一聲後，也直直盯著藍盾的隊員看。

下一秒鐘，斯基特兩人的視野裡的畫面改變了。兩人彷彿戴上了AR眼罩似的，眼前看見的一切景物四周，浮現出各種各樣的數據。

沒多久，斯基特和未來同時低喃：

「……掃描結束。掌握到空拍機的無線電波頻率了。」

「也成功破解加密過的鑰匙了。回去祕密基地吧！」

兩人跳下圍牆，迅速脫離現場，同時也不忘把在這裡取得的資訊，烙印在腦海裡。

斯基特等人光是用眼睛看，就能夠得到比一般人更多的資訊。他們甚至能夠看到無法可視化的電波頻率或破解暗藏的密碼。

這就是斯基特等人所擁有的技能——「掃描(篡奪資訊)」能力。

***

斯基特等人回到祕密基地後，看見團隊的同伴已經聚集到了基地。

包含斯基特和未來在內，共有七名成員，每個人都是駭客中的佼佼者。

電玩咖「弗洛里(Flory)」停下玩射擊遊戲的動作，回過頭說：

「你們回來啦？我已經聽說了。聽說要對藍盾下手啊？」

「是啊，而且要用比較好玩的方式。」

說著，未來朝向員工專用空間的電腦方向走去。未來輸入命令提示字元啟動電腦後，利用方才到手的密碼重新展開入侵行動。

沒多久，未來以具有管理者權限的身分，成功登入藍盾的主系統。未來露出邪惡的笑容，把畫面傳送到基地的所有電玩街機。這時，好幾千台在街上飛來飛去的監視空拍機的拍攝畫面，透過各街機的螢幕顯示出來。

畫面的右上角標示出各空拍機的位置資訊，讓使用者可以任意切換空拍機。看見那畫面後，斯基特表示讚嘆地說：

「未來，你也太強了吧？這麼短的時間內你就寫好系統啦？」

「沒有啦，其實我以前就很想侵占空拍機的權限，所以早就寫好系統了。你的提議算是讓我可以順水推舟。」

「什麼嘛，你剛剛還一臉『我忽然靈光一閃』的表情……算了，這樣感覺會更有趣呢！」

斯基特一把推開未來，敲打起鍵盤。斯基特干擾空拍機和武裝戰鬥車的軌道控制演算法，轉眼間便寫出遠端操作的程式。

斯基特讓各電玩街機連上程式後，開口說：

「各位，現在大家可以操作藍盾那些傢伙了！不管是空拍機，還是戰鬥車，都可以隨意操作！這可是真實版的開放世界遊戲呢！」

聽到斯基特的發言後，同伴們發出歡呼聲。

「要來比賽嗎？」弗洛里問道，未來回答：「好點子！來一場空拍機的空中競速賽吧！」看著大家面向街機展開遊戲的身影，斯基特的臉上掛起了微笑。

JIGGY BOYS的七名成員都擁有「掃描力」這項特殊能力。

掃描力是一種可針對看見的事物進行資訊分析的能力，光是如此，實在難以理解可有什麼用途。當初斯基特透過網路收集資訊，試圖尋找可活用這種能力的方法，找著找著，不知不覺中便聚集了一群同類的同伴，最後組成團隊。

斯基特不太了解同伴們的身分和過往。每個人的個性和擅長領域皆不同，除了都是駭客之外，大家沒有其他共通點。不過，很奇妙地，彼此意外合得來，所以經常像現在這樣聚在一起同歡。

斯基特猜想大家之所以合得來，應該是因為內心深處有著相同的價值觀。也就是「比任何人都渴望活得自由」。意思就是，他們渴望可以不要理會世上的規範，憑靠自己的能力和智慧，自由自在地在這座城市裡生活。這樣的想法凝聚了 JIGGY BOYS 的七人。

（……不知道是誰曾經這麼說過，他說個人電腦是魔法盒。還說個人電腦不會屈服於任何力量，是能夠創造出無敵力量的觸媒。）

斯基特回想起很久以前一位偉大的駭客說過的話。如今，可使這般思想具體化的同伴們齊聚在這裡。這個事實讓斯基特感到無比開心。

「斯基特，你在幹嘛？發什麼呆啊？你不加入嗎？」

斯基特陷入沉思時，團隊裡最懂得為同伴著想的「利布拉（Libra）」搭腔道。斯基特回以笑容後，面向街機坐了下來。

「怎麼可能，我當然要加入。我來看看哪一台是我要操作的空拍機……」

斯基特看向畫面的那一刻，不禁皺起了眉頭。

透過空拍機呈現出來的視野裡，出現奇妙的光景。

「……這是怎麼回事？」

畫面裡出現連接起超東京市區與位於郊區的 Astro 園區的「特快橋」。特快橋上，藍盾的武裝戰鬥車正在追逐一輛經典款的敞篷車。

不過，奇妙之處不在於此。奇妙的是，坐在敞篷車上的青年憑空生出兩把機關槍後，朝向從後方追來的藍盾掃射起來。

「太扯了吧，這傢伙是誰？究竟是何方神聖？」

斯基特不由得拉高了嗓門，同伴們見狀，紛紛衝了過來。

繼機關槍之後，青年又複製了無數顆手榴彈，朝向藍盾丟擲。儘管被猛烈的火焰包圍，戰鬥車依舊緊追不捨。

那光景簡直就像遊戲或電影裡會出現的畫面，令人難以置信。不過，既然那是空拍機所拍攝到的畫面，就代表是此時此刻在現實世界裡發生的事。

一向冷酷的同伴「悠紀（Yuki）」，也一副訝異不已的模樣低喃：

「……居然能夠憑空生出武器，那不是一般的 Copy 技術。這些人該不會也跟我們一樣會施展技能吧？」

「有可能。不過，似乎是跟掃描力不同質的能力……」

斯基特一邊說話，一邊啟動技能。即使隔著螢幕，斯基特的特殊能力還是能夠針對視野裡看到的資訊，發揮分析作用。

敞篷車上的乘客們資訊，慢慢浮現在斯基特的眼前。

怪盜團 MAD JESTERS 成員——恰達。不論是這個人，還是他的同伴們，似乎都擁有能夠把觸摸過的物體加以「複製」的特殊能力。

「能夠化無為有的 Copy 技能……？世上居然有這樣的能力……！」

親眼目睹這般能力後，斯基特的心情與其說是訝異，不如說是感動。斯基特沒料到除了他們之外，還有其他人擁有技能，並且大膽挑戰藍盾。

未來似乎也被勾起了興趣，他用著略顯興奮的語調說：

「太有趣了！來逗一下他們好了。我是說借助藍盾的力量。」

未來抓住遙控器，操作起武裝戰鬥車。

未來每按下一次按鍵，武裝戰鬥車就會朝向 MAD JESTERS 的車子發射雷射加農砲。然而，對方閃過加農砲，使出反擊。坐在車子後座的男子跳上戰鬥車，朝向戰鬥車揮出了拳頭！

吃了男子的重重一擊後，戰鬥車頓時破了一個大洞。

「這傢伙太誇張了，根本是在暴衝！」說著，未來索性把遙控器丟了。團隊裡擁有最高超技能的「克勞德（Claude）」，一副深感興趣的模樣說：

「這些傢伙很有趣呢！我們來查查看是不是還有其他人也像他們這樣吧！」

斯基特等人點頭回應克勞德的提議，並透過空拍機在城市裡展開搜尋。

＊＊＊

在那之後，斯基特等人花了好幾天的時間，觀察城市各處。

經過觀察後，得到超乎預料的結果。城市裡除了MAD JESTERS之外，還有多個技能超乎常人的年輕人團隊。

在六本木，觀察到了保鑣組織ROWDY SHOGUN把手持槍枝或刀子的敵人痛打一頓。

在郊區的Astro園區，觀察到了幻影團體Astro 9讓佩戴武器的黑幫束手就擒。

這兩個團隊的成員都不是普通年輕人，而是各自擁有「變換」、「防護」技能的特殊能力者。

「這是什麼狀況？居然有像他們這樣的人……！」

聽到斯基特這麼說，未來笑著回應：

「這些人每個都擁有驚人的技能，把這些數據都儲存下來吧！這些技能對我們的行

動也會有所幫助。」

同伴們點頭回應未來的話語，並開始下載數據。他們一邊分析各團隊成員的一舉一動，一邊將數據存入祕密基地的伺服器裡。

大家忙著作業的過程中，克勞德忽然提高嗓門說：

「……等一下！你們看一下這個男的是什麼人物？」

克勞德指出的螢幕上，拍攝到一名陌生男子。

目光如猛蛇般犀利的年輕男子正在摩天大樓的屋頂上，看著 MAD JESTERS 與藍盾的飛車追逐。透過空拍機，斯基特等人也看得到追逐場面。

「克勞德，這男的怎麼了？看起來只是個愛看熱鬧的傢伙啊？」

「不……很多地方的空拍機也都拍到了這個人。」

「真假？」

聽克勞德這麼一說，斯基特也開始確認，結果發現這名目光如猛蛇般犀利的男子，確實在各處的空拍機畫面上出現過。不論是在「六本木」的拍賣會場，還是在 Astro 園區，都捕捉到了男子的身影。

斯基特也覺得納悶，於是詢問克勞德說：

「難道他是在觀察會施展技能的人……？藍盾的相關人士？」

「我也不確定，但很可能就是你說的那樣。還有沒有其他拍到這傢伙的影像？」

斯基特聽了後，看了看四周的螢幕。看見螢幕上的影像後，斯基特頓時倒抽一口氣。

斯基特看見其中一面螢幕的畫面上，出現他們目前所處的祕密基地入口處。

那不是錄影影像，而是空拍機此刻所拍攝到的畫面。

畫面裡出現一群持槍的藍盾身影——

「不妙！」

斯基特這麼大喊的那一刻，祕密基地的大門猛烈炸開。

3

藍盾察覺到系統遭到駭客入侵，大舉攻入 JIGGY BOYS 的祕密基地！

斯基特等人迅速躲進員工專用空間，觀察著狀況。這時，全副武裝的藍盾部隊劃破烈焰，衝進祕密基地裡。

「太大意了！剛剛太專注於看數據，忘了提高警戒。」

不過，為了應付這種突發狀況，員工專用空間裡藏有刀槍等武器。

專門負責打鬥場面的「X」立刻拿起手槍，朝向藍盾射擊。

藍盾靈活地跳開閃過子彈，躲到入口處的另一端。除了X以外，其他成員也抓起手槍，朝向入口處一帶胡亂射擊。斯基特也加入槍戰，並一邊大喊：

「克勞德！還沒下載完成嗎？」

「再一下下，幫我爭取時間！」

克勞德一邊這麼說，一邊躲在遮蔽物後方敲打行動電腦的鍵盤。敵方似乎派出了大量兵力，敵軍如泉水般不斷湧現。沒多久，就在斯基特耗盡子彈時，克勞德放大嗓門說：

「好了！下載完成！馬上就來利用這些數據！」

克勞德按下傳送鍵的瞬間，四周的同伴們身上出現一陣干擾波。

克勞德把下載好的數據，傳送到斯基特等人穿在身上的光學迷彩西裝。不僅如此，斯基特等人安裝在身體各處、用於強化身體的裝置，同樣也接受到了數據。

在那同時，藍盾丟來了手榴彈。「我來處理！」未來這麼大喊一句後，從街機後方跳了出來。

未來的身影隨著光芒開始改變，握在手上的 Copy 專用材料也改變形狀化為一把日本刀。

未來舉高手上的日本刀一揮，半空中的手榴彈隨即被斬成兩半，掉落地面。爆炸的烈火瞬間將未來吞噬，但火焰碰上硬質化的肌膚後，隨即彈了開來。

錯了，那不是未來。

那是擅長劍術的 ROWDY SHOGUN 成員「五右衛門」。不僅外表，未來也重現了 ROWDY SHOGUN 那群人所擁有的技能——「防護力」。

X也衝了出去，並雙手持槍胡亂掃射。X拿在手上的不是方才使用的手槍，而是大口徑的機關槍。憑空生出兩把機關槍的X，已變身為MAD JESTERS的恰達。

「你們以為我們是弱不禁風的駭客嗎？」

聽到X這麼詢問，藍盾一副感到錯愕的模樣停下動作。

沒錯，這正是JIGGY BOYS的特殊能力的精髓所在。

JIGGY BOYS的成員能夠藉由搭配Copy技術，將施展「掃描力」分析而得的數據，複製重現出各種事物。從他人的外表，到運動能力、技能，JIGGY BOYS的成員都能夠利用安裝於身體的裝置，依樣畫葫蘆地呈現出來。斯基特做出如「至」那般的特技動作閃過藍盾的子彈，把子彈一腳踹飛。弗洛里讓自己的拳頭纏上鑽石，使出一拳必倒的拳打攻擊。悠紀、利布拉以及X也都各自分別重現各團隊的技能，使得藍盾節節敗退。

最後，克勞德朝向剩下的敵人頂出掌心，使出火焰旋渦橫掃而過。

團隊裡擁有最強技能的克勞德，輕輕拍了拍掌心說：

「……嗯，相當不錯的技能。雖然威力似乎還沒有本人那麼強。」

「那些人想必各自都吃了不少苦，才練就出這些技能。要是真的百分之百重現了他們的技能，反而會讓人覺得過意不去。」

斯基特說道，另外他也發現對 Copy 這一方來說，重現那些人的能力似乎會造成肉體相當大的負擔。斯基特感覺到全身像抽筋似地發出陣陣哀號，疼痛不堪。

（也就是說，想要借其他團隊的技能來使用，必須承擔一定的風險啊……為了以後著想，要好好記住這點才行。）

斯基特這麼心想時，大群人馬的腳步聲從火勢越發越烈的入口處另一端傳來。藍盾似乎已經派了更多兵力前來支援。

「看來久留無益。雖然要放棄祕密基地實在可惜，但還是先撤退吧！」

斯基特說道，所有人都點頭表示認同。於是，大家拿著儲存了珍貴數據的硬碟，從後門逃出祕密基地。

4

斯基特等人穿過祕密通道爬出地面一看，發現四周沒有藍盾的身影。

就在不遠處的祕密基地那一方，傳來喧鬧聲。藍盾想必是看見祕密基地已人去樓空，正感到疑惑不已吧。

斯基特往上空一看，看見了一台監視空拍機。空拍機還來不及把鏡頭轉向這方，X已搶先開槍擊落空拍機。

未來一邊看著空拍機往下墜，一邊低喃：

「……一直以來我們都是走在法律之外，這下子正式變成在逃嫌犯了。不小心和無所不在的藍盾結仇了。」

看見未來露出感到過意不去的表情，同伴們一副「誰在乎」的模樣聳了聳肩。

在這個團隊裡，沒有一個成員會在意這種事情。斯基特拍了拍未來的肩膀說：

「早晚都會變成這樣的。而且，因為冒了這次的風險，我們才找到有趣的東西，不是嗎？」

「是啊……真沒想到會有那些人的存在。」

聽到未來的話語後，大家都笑著點了點頭。

今天大家得到了珍貴的數據，也就是住在這座城市裡的三個團隊的存在數據。

怪盜團「MAD JESTERS」。

保鑣組織「ROWDY SHOGUN」。

還有，幻影團體「Astro 9」——

斯基特一邊回想發現這三個團隊時的興奮情緒，一邊說：

「那些人擁有可以跟我們並駕齊驅的特別技能。有他們這樣的存在，這座城市應該會變得更有趣。」

恐怕在不久的將來，也可能會遇到必須與那些人對峙的狀況。

斯基特抱著期待那天到來的心情，與同伴們一同消失在城市的暗處。

ChapterEX.

終章

0

斯基特等人得知其他團隊的存在的隔一天。

一名男子出現在遭到大肆破壞的 JIGGY BOYS 祕密基地。

「……都已經找出祕密基地展開突擊，卻讓最重要的本人們給逃跑了。」

男子發出如猛蛇般的犀利目光，直直盯著槍戰過後的光景看。跟隨在男子身旁的藍盾隊員，以苦澀的聲音回答：

「非常抱歉……我們沒預料到那群人也會使用其他團隊的技能。」

「意思就是他們把『掃描力』應用到戰鬥上面了。很會耍小聰明的一群兔崽子。」

男子輕輕發出咋舌聲後，朝向隨從說：

「如果就這樣讓他們得意忘形下去，到時候會很麻煩。出動藍盾所有兵力，絕對要把他們逮捕回來！」

「遵命，犬井隊長！」

隊員行禮致意後，隔著安全帽向各單位發出通知。

被稱呼為犬井的男子聽著隊員在背後說話，同時展開了 JIGGY BOYS 的追緝行動。

＊＊＊

另一方面，Astro 9 的成員們忙著追查消失不見的團長行蹤。

「——關於團長被擄走的時間點，有可能是在我們表演的那段時間。聽說那段時間有一群奇特的傢伙在這座帳篷四周走動。」

在團隊裡總是扮演謀士角色的特克，看著被燒毀的帳篷說道。

「頭上戴著全罩式安全帽、手上拿著槍的一群男人……我看八成是藍盾。」

聽到特克取得的資訊內容後，同伴們都皺起了眉頭。至一臉訝異的表情反問：

「等一下！你說是藍盾？那些人平常從不干涉我們園區的事情，為什麼偏偏會在這個時候跑來？」

「有兩種可能。一種是他們可能正在追捕擄走團長的不知何許人物……或者是，就是藍盾他們擄走了團長。」

至等人陷入了沉思。目前的資訊過少，不足以判斷哪一種可能性才正確。

「……看來有必要調查一下藍盾。我們在園區裡多打聽一下好了。」

聽到至的發言後，同伴們一齊點頭認同。

至等人在這時還不知道原因。他們不知道團長之所以被鎖定為目標，原因就出在團長的持有物。

團長遭人綁架時，身上帶著一本「古書」。那本古書和夏洛克等人偷來的古書是成雙成對的書，而至等人當然無從得知古書隨著團長一起消失的事實。

＊＊＊

同一時間，場景切換到超東京的 ROWDY SHOGUN 基地。

ROWDY SHOGUN 的隊長哈迪斯，對著聚集而來的成員們說：

「偷走古書的怪盜團在那之後似乎都沒有動靜。」

魯普斯聽了後，一臉苦澀的表情。

「把我們搞得那麼沒面子，然後當沒事一樣默不吭聲，會不會太囂張了？」

「嗯，事情不會這樣就結束的。既然他們不動，我們就主動去把他們找出來。」

哈迪斯說道，成員們各個變了眼神。

從保護某存在的「守護者」眼神，變成了鎖定獵物的「獵殺者」眼神。

「藍盾似乎也在找他們。不過，怪盜團是我們的獵物。就是賭上我們團隊的名譽，也要把那些傢伙揪出來！」

聽了這段話之後，一身鮮紅色裝扮的十六人一齊大聲咆哮。

＊＊＊

這段時間裡，茉希那的狀況如何呢？

茉希那與 MAD JESTERS 的成員們過著安穩的日常生活。

「你們兩個太過分了！竟然丟下我自己跑去出任務……人家也想幫忙的。」

茉希那在已變得熟悉的偵探事務所裡，對著夏洛克和杰羅說道。

夏洛克等人前陣子執行了美術館竊盜計畫，茉希那事後才得知只有自己落單，所以正鬧著彆扭。夏洛克兩人一副過意不去的神情回答：

「對不起啦！我是覺得妳要參加可能還早了些，所以沒跟妳說。」

「事實上這次的事件也真的是驚險萬分。妳要是一起去了，搞不好小命已經沒了！」

聽到兩人的話語後，茉希那回以苦笑。

其實茉希那心裡也明白如果她跟去了，只會礙手礙腳。茉希那不是當真在鬧彆扭，她只是跟夏洛克兩人鬧著玩。

對於夏洛克兩人的貼心，茉希那抱著感謝的心情說：

「算了，就不跟你們計較了。所以呢？下次的目標是什麼？」

「喔，已經決定好下一個目標了。我打算要偷原本在美術館裡展示的『黑鑽石』的最終真相。」

「問題是現在不知道它在哪裡，隊裡的其他同伴們正在幫忙尋找下落。」

茉希那三人做著討論時，恰達衝了進來。

「你們聽我說，查到黑鑽石的下落了！」

「在哪裡？」

「據說黑鑽石被拿到專門拍賣最終真相的拍賣會上，後來被一個有錢人買走了。現在好像被收在這裡。」

說罷，恰達出示智慧手機給三人看。手機螢幕上出現「夫人」所經營的雄偉飯店畫面。

看了那畫面後，夏洛克在臉上浮現愉悅的笑容說：

「有賭場的飯店啊，感覺戒備相當森嚴。現在就來計畫一下要怎麼闖進去吧！」

新的竊盜計畫讓夏洛克幾人的情緒高漲起來。茱希那面帶微笑，注視著大家的側臉。

茱希那沒想到自己這麼一個毫無優點的人，也能夠擁有可以讓內心沸騰的事物。

她知道自己幫不上怪盜團的忙，但至少希望可以在一旁注視怪盜團的活躍表現。

＊＊＊

然而，茱希那在這時還不知道自己將面臨什麼命運。

她還不知道自己不純粹只是偶然認識夏洛克等人的旁觀者。

茱希那和她的戒指，掌握著夏洛克等人的未來。

在還沒有人知道這個事實之下，茉希那與四個團隊的命運已靜悄悄地彼此交錯。

國家圖書館出版品預行編目資料

BATTLE OF TOKYO / 月島總記著 ; 林冠汾譯 . --
一版 . -- 臺北市 : 臺灣角川股份有限公司 ,
2022.08-
冊 ; 公分

譯自 : BATTLE OF TOKYO.
ISBN 978-626-321-707-2 (第 1 冊 : 平裝)

861.57 111009427

輕文學 Light Literature

BATTLE OF TOKYO vol.1

原著名＊小說 BATTLE OF TOKYO vol.1

作　　者＊月島總記
譯　　者＊林冠汾

2022年8月22日 初版第1刷發行

發 行 人＊岩崎剛人
總　　監＊呂慧君
總 編 輯＊蔡佩芬
主　　編＊李維莉
設計主編＊許景舜
印　　務＊李明修（主任）、張加恩（主任）、張凱棋

台灣角川

發 行 所＊台灣角川股份有限公司
地　　址＊104台北市中山區松江路223號3樓
電　　話＊（02）2515-3000
傳　　真＊（02）2515-0033
網　　址＊http://www.kadokawa.com.tw
劃撥帳戶＊台灣角川股份有限公司
劃撥帳號＊19487412
法律顧問＊有澤法律事務所
製　　版＊尚騰印刷事業有限公司
I S B N＊978-626-321-707-2